志賀直哉（しが・なおや）
1883 年 2 月 20 日、宮城県陸前石巻町（現在の石巻市住吉町）に、財界の重鎮・志賀直温《なおはる》の次男として生まれる。1889 年、学習院初等科に入学、後に内村鑑三に師事する。1906 年、東京帝国大学文科大学英文学学科に入学。1910 年、学習院で同級だった武者小路実篤、木下利玄、里見弴、柳宗悦、有島武郎、有島生馬らと同人誌「白樺」を創刊。同年、東京帝国大学を中退。以後は作家生活に入り、『小僧の神様』『城の崎にて』『和解』『赤西蠣太』『網走まで』『灰色の月』などを発表。
唯一の長編である『暗夜行路』は、近代日本文学の代表作のひとつに挙げられる。自然主義の影響も指摘される無駄のない文章は、芥川龍之介らから小説文体の理想と見なされた。また小林秀雄は、視覚的把握の正確さを高く評価している。
1947 年、日本ペンクラブ会長に就任。1949 年、文化勲章を受章。
1971 年 10 月 21 日死去。

白い線

志賀直哉

大和書房

目次

1

2

6

＊

写真提供　文藝春秋

1

白い線

私の母は私が十三の時、悪阻《つわり》で亡くなった。三十三だった。私はその時の事を「母の死と新しい母」という短篇に書いた。書いたのは私が二十九歳の時で、今、私は七十四歳だから、それは四十五年前の事である。素直にありのままを書けたと思い、その後、雑誌などから自分の作品で、何に愛着を持つかと訊かれた場合、無難でもあるし、私はよくこの短篇をあげて答えていたが、今読んで見ると、如何にも手薄で、本統の事がよく分らずに小説にしていると言う事をはっきり感ずる。

三四年前、座右宝の後藤真太郎が九州の坂本繁二郎君を訪ねた時、何の話からか、坂本君は「青木繁とか、岸田劉生とか、中村彝《つね》とか、若くて死んだうまい画描きの絵を見ていると、みんな実にうまいとは思うが、描いてあるのはどれも此方《こつち》側だけで、見えない裏側が描けていないと思った」と言っていたそうだ。帰って、それを梅原竜三郎にいうと、梅原は「面白い言葉だ」と同感したそうだ。私はこの話を聞き、これは理屈も何もない正に作家の批評であって、批評家の批評ではないと思った。そして同じ事が小説に就いても言えると思った事がある。

私自身の場合でいえば、批評家や出版屋に喜ばれるのは大概、若い頃に書いたもので、自分ではもう興味を失いつつあるようなものが多い。年寄って、自分でも幾らか潤いが出て来たように思うもの、即ち坂本君のいう裏が多少書けて来たと思うようなものは却って私が作家として枯渇して了ったように言われ、それが定評になって、みんな平気で、そんな事を書いている。私はそういう連中にはそういう事が分らないのだと思う。そして、常に言っているように批評家というものは、友達である何人かを例外として除けば、全く無用の長物だと考えるのである。そういう批評家は作家の作品に寄生して生きている。それ故、作家が批評家を無用の長物だと言ったからとて、その連中の方から作家を無用の長物とは言えない気の毒な存在なのだ。作家が他人の作品を批評する場合、何をいっても、言っただけの事は自身の作品で責任を負わねばならぬが、批評家は自身小説を書かず、その責任をとる事がない。批評家はそういう自分の立場を大変都合のいい事と考えて、勝手な事をいっているが、実はこの事が寧ろ致命的な事だという事を知らないのだ。

私は明治十六年二月に陸前石巻という港町で生れた。父が第一銀行の行員として其所《そこ》の支店に勤めていた時で、私の生れる前年の十一月に私の兄の直行《なおゆき》が、二年八ケ月で疫痢のような病気で死んだ。兄は東京で生れ、どれだけかの間、祖父母と一緒に暮らした事があるので、私の祖母は兄がおとなしい利発者で、俥で町を行く時、両側の店屋を一々指して米屋、魚屋、呉服屋などと言う賢い児だったと言っていた。口が利け出した頃の事で祖母は感心したらしい。祖母は多分に私に当てつけて兄を讃めていたが、私は腹を立てるよりも、そういう兄が生きていてくれたら、どんなによかったかとよく思った。

兄が死んだ時には私は五六ケ月で、既に母の腹にいたわけだ。その頃の考えとして、家系を絶やすと言う事は大変な事だから、私が三つで、両親と一緒に東京へ帰って来ると、兄の死を若い夫婦の手落ち位に考えていたかも知れない祖父母は私を直ぐ取りあげ、自分達の手で育てる事にした。私には石巻時代の記憶はなく、東京へ来た翌年位から始まるのであるが、母親に対する記憶は甚だ少ない。母にとってこの私と離されたという事は随分淋しい事だったに違いない。父は明治二十年から二十三年まで文部省七等属で、金沢の第四高等中学校に会計として行っていたから、その間、母は父からも私からも離れて、ひとり父の部屋で寝ていたのだ。自分の一人児が彼方《むこう》の舅姑の部屋で寝ているのに自分だけは独りで寝ていなければならぬという事は二十五六の母にとってはつらい事だったろう。母はよく父に私が我儘で、言う事をきかないと泣いて訴えたそうだ。後年、一緒に宮城県の鳴子温泉に行った時、父からそれを聞いたが、私はそれ程、母を困らしたという記憶はなかったので、そういえば私が参る事を知って、意地悪で父がそんな事をいうのだと思っていた。「足袋の記憶」という小品に書いたように、一度だけ母をいじめた憶い出はあるがそれ以外に母が泣いて、父に訴える程の事をした記憶は私には実際なかったのだ。

ところが、最近全集を出すので旧い日記をそれに入れる事にし、その明治四十三年一月二十四日の所を見ると、

朝家一《かいち》君と父の部屋に行った、父は独立する気でやってもらわねばこまるという、それで食えなければ勿論食わしもする着せもする、然し心持はそうなってもらわねばこまるという、家一君が中で色々いってくれた、仕舞に祖父母の教育が父母に遠ざけたのが悪いという時、先妻も泣いていた事がありますと父がいった。母という言葉に対しては自分は此上もなく弱い心を持っている、マシテ父にいわれる場合殊に左うで

ある、自分は胸が一パイになって、涙が浮んできた、突然その時父が笑い出した、「弱虫め直ぐ泣く」という心かと一寸取ったが左うでなかった、「情にセマルとどうもこういう事があって……」と父は家一君にいい訳をしながら泣きながら笑っている、自分はもとより泣いた、

以上のような事が書いてあるのを私は発見した。そこでは母は父が鳴子温泉で言った時とは違って、祖父母の為めに子供から離されている事を泣いているのだ。昔風に教育された母は舅姑に対し、直接的な不平は言えず、私が我儘でいう事をきかないという事も父に訴えたのかも知れないが、母の本統の気持からいうと、母と私との生活がしっかりと結びつかない淋しさを悲しんだのではないかと思った。一人しかいない子供に母親として密着出来ない事は淋しかったろう。そして、それを見ながら、どうする事も出来なかった父にも今の私は同情する気持になっている。

私には五人娘があり、未だ一人自家《うち》にいるが、嫁入った四人は皆、二人或は三人の子持ちで、その三番目の娘が今は既に母の亡くなった年よりも二つ上になっている。私は母を母として考えるよりも娘に対する心持に移して考え、母の淋しい気持が非常に可哀想になった。仮りに娘の一人が母のような境遇にいる場合を考えると私は堪らない気持

になるのだ。

若い頃の私は母の不幸は若くて死んだ事だと割りに簡単に考えていたが、それ程に簡単なものではなかった。此間、夜明け、私はひとり床の中でそんな事を考え、起きて、朝の食卓で、家内や娘にその話をしていたら、急に涙が出て来て困った。体力の衰弱からも来るのだが、六十年前に亡くなった母親を自分の娘に移し考えて、可哀想で仕方なくなる自分の気持も面白く感じた。

私の「母の死と新しい母」に次のような一節がある。

母は十七で直行と言う私の兄を生んだ。それが三つで死ぬと、翌年の二月に私が生れた。それっきりで十二年間は私一人だった。所に、不意に此手紙（祖父から片瀬の水泳場にいる私へ来た手紙で、母の懐妊した事が書いてある）が来たのである。嬉しさに私の胸はワクワクした。

然しこれは私自身が如何に喜んだかという事で、母がその事をどんなに喜んだか、今度こそは本統に自分の子として育てる事が出来るだろう、祖父母の手に渡さずに済むだろう、そういう喜びに母は震えていたかも知れない。私は自分に弟か妹が出来るという事で、非常に喜んだが、母の喜びはそれどころではなかったろう。私は二十九歳の時、

「母の死と新しい母」を書いて、自分の喜びは書いたが、母の喜びを書く事は出来なかった。本統にそれが察しられなかったのである。今、自分の娘達が、自分の子供を叱ったり、可愛がったりしているのを見ていると、私はそれの出来なかった母の淋しい気持を察し、堪らなく可哀想になる。私には孫が十二人ある。男八人、女四人で、男の方が多いので、一層にそういう事を考えさせられる場合が多い。

母は悪阻になり、それが段々ひどくなり、私が片瀬から買って来た色々の土産を見ていたが、翌朝になるとそれをすっかり忘れ、「何時帰って来たの?」などという。

大分悪くなってからである。母が仰向けになって居る時、祖母が私に顔を出して見ろと言った。ぼんやり天井を眺めている顔の上に私は自分の顔を出して見た。傍で祖母が、「誰かこれが解るか?」と訊いた。母は眸を私の顔の上へ集めて、しばらくじっと見て居た。其内母は泣きそうな顔をした。私の顔もそうなった。そうしたら、母は途切れ〳〵に、「色が黒くても、鼻が曲って居ても、丈夫でさえあればいい」こんな事を言った。

以上は矢張り「母の死と新しい母」の一節だが、私はそれを書く時、この言葉は頭の少し変になった母の妄語《たわごと》のように思っていたが、そうでない事を近頃になって漸くはっきりと想いついた。私は実際に色も黒いし、鼻も曲っている。それは書いた時も知っていたが、母はそういう悪口のような事をいって、然し、丈夫でさえあればいいと言う。母の言葉を親みから来る一種の悪口だと解したので、悲しい中にも何かおかしみを覚えたのであるが、近頃想うに「色が黒くても、鼻が曲って居ても」は悪口ではなく、赤児の頃、乳を飲ませながら、つく〴〵私の顔を見て、もう少し色が白ければよかったと思い、鼻が少し右に曲っている事を遺憾に思っていた。その想っていた事がその時、言葉になって出たのであろう。私の祖父も父も何れかといえば肌は白い方だったが、祖母は黒く、この両方の遺伝は私の同胞《きようだい》にも二つに分れて現われ、私の子供達に迄もそう分れて現われている。遺伝というものはなか〳〵しぶといものだ。

私の短篇には又次のような事が書いてある。

——実母を失った当時は私は毎日泣いて居た。——後年義太夫で「泣いてばっかり居たわいな」という文句を聴き当時の自分を憶い出した程によく泣いた。とにかく、生れて初めて起った「取りかえしのつかぬ事」だったのである。よく湯で祖母と二人で泣いた。

これも、祖母が私と一緒に母の死を悲しんで泣いたと解して書いているが、勿論祖母の気持にもそれはあったかも知れないが、それよりも恐らく祖母は泣く私が可哀想で涙を流したのだと近頃は思うようになった。若い頃に書いたものはこういう点が大変単純で、坂本君の言う裏側が少しも書けていないというのは小説の場合も同じ事だと思った。

　私が母と別れたのは今から六十一年前で、殆ど母の記憶という程のものはない。私の「大津順吉」という小説に、病気で寝ている時、祖母が熱くしたこんにゃくで下腹を温めてくれる、その時の祖母の体臭で不図自分の幼年時代を憶い出す事が書いてあるが、私は母の体臭は覚えていない。然し今でもはっきり憶い出せるのは母の足のふくらはぎに白い太い線のあった事で、母は女中のように尻を端折り、白い腰巻を出し、よつばいになってよく縁側を拭いていたが、そのふくらはぎにその白い線があったのを憶い出す。私は若い頃、女の人の足で、それを見る度に亡くなった母を憶い出した。私はふくらはぎの白い線で漸くはっきり母を憶い出す事が出来るのである。この線の事を医学では線状萎縮とも伸展線とも言うそうだ。

　とにかく、初めての児には二年八ケ月で死別れ、二番目の児である私はこれまた、二年何ケ月で舅姑に取上げられ、十二年間一度も妊娠せずに、漸く出来たと思うと、悪阻になって、その児を腹に持ったまま亡くなったのである。女として母親らしい感情に満される事なしに死んだわけで、私はそれから六十年経った今頃になって、その気持が漸く察しられ、そういう意味で、私の母は実に気の毒な女だったという事が近頃しきりに想われるのだ。

私は七つの時にチブスになった事があって、その時母の書いた「病歴略記」というものがあったが、今も世田ケ谷の家の私の書斎にあるかと思い、これを書くに就いて、息子に探さしたが、見当らぬという。何時か失って了ったのだろう。

（「世界」三十一年三月号）

実母の手紙

奈良にいた頃、友達を訪ね、留守だったので、一人、その上にある尼寺へ行って見た。春、まだ寒い時分だったが、所々にゆるい石段のある坂路を登って行くと、白い梅の咲いている山内《さんない》にはまるで人気《ひとけ》がなく、如何にも静寂な感じがした。登りきって、少し広い所に出ると、左に本堂、向かい合って、右に小さい持仏堂があり、その張替えたばかりの障子の中で、尼僧が一人、低い声で経をあげていた。白い鼻緒の履物が一足、行儀よく、階《きざはし》の端に揃えてあった。声から判断すると若い尼さんではなかった。

私はしばらく、前に立っていた。経の文句は分らないが、何々と戒名を云って、「五十回キー」と延ばし、鉦を鳴らすのを聴き、大変、古い仏の供養をしているものだと思った事がある。身寄りの者は、ちりぐ〵になったか、死絶えたかして、この尼さん一人で法要をいとなんでいるのかも知れないと思った。

それから十四五年経って、その時は私は東京に移っていたが、六十二才になり、丁度実母の五十回忌に当ることを憶い出し、法要をした。実母を実際に知っている者は私以外には、居所の分らぬ従姉が一人あるだけだが、尋ね出すのも億劫なので、異母弟妹夫婦十人程と自分の家族だけで、青山の墓前で簡単にそれをいとなんだ。建長寺の小坊主時代の呼名をそのまま「もんさん」といっている横浜の禅僧――俗なところがなく、私は此人が好きだったが、その後、米軍の空襲で寺を焼かれ、間もなく自分も病気で亡くなった。――この人に五分間程、経を読んで貰い、その読経の間に焼香を済まして了うというやり方だった。八月三十日の炎天下では帽子を脱いで、それ以上、墓前に立っている事は苦痛なので、そういう殺風景な型ばかりの法要をした。尤も終戦の一年前で、平時のような法要はもう出来ない時でもあった。然し、同じ五十回忌でも奈良の尼寺で見た静寂な感じとは余りに反対なのを、おかしいような気持で、却って面白く思った。

十三才で実母に死なれた時は取返しのつかぬ不幸に襲われたと思い、私は非常に悲しんだ。以来、よく墓参りをした。四谷の学習院から麻布三河台の自家への帰途、それ程、廻わり路ではないので、月々の命日は素より、それ以外にもよく墓参りをしていた。然し、年をとるに従って段々そういう気持も薄らぎ、時には「死者は死者をして葬らしめよ」というような積極的な気分にもなり、特にこの数年は墓参りも殆んどしなくなった。

その代りというのも変な云草だが、私が死んでも墓は作らず、灰にして、自家に置き、邪魔になった時、海に沈めて貰いたいと家人に云っている。私は三色版で見る海底の写真が好きだ。それは地上の如何なる墓地よりも美しく、清潔だが、然し写真で見る海底は骨壺を沈めて置くには少し浅過ぎる所かも知れない。

パストゥールの研究所にいた若い知人から聴いた話だが、パストゥールは仏蘭西人ゆえ、死んで、パンテオンに葬られたが、次の所長メチニコフは外国人なので、或時、弟子が、「先生の遺骨はどうしましょう」と訊ねたところ、メチニコフは「その辺の本の上に載せて置いてくれ」と答えたそうだ。それで、今もメチニコフの骨壺は図書室の棚の本の上に置いてあるという事だ。如何にも、すっきりしていて、此話は好きだが、未だ私にはそれ程、すっきりとは行かない。

死んで分らないのだから、如何様にも家人の気の済むように処分してもかまわないとも思うが、その信仰がないのに、知らぬ坊主や牧師に型通りの引導を渡されるのは厭な気がするので、仏、墓、神、何れの形式に依る葬式も望まぬ事を私は云っている。それから私は灰になった後でも、焼場のきたない骨壺に入れられる事は厭わしく、ある時、陶工の浜田庄司に骨壺を焼いて置いて貰いたいと頼んだところ、笑って引きうけて呉れなかった。「君に先に死なれると困るから」と悪まれ口をきいて、浜田君を苦笑させたが、勿論、あの巌丈な浜田君よりも自分が長生きするとは思っていない。然し、こう書いて来ると、どうでもいいと云いながら、何の彼のと註文が多過ぎる。なるべく手のかからぬようにと考えながら、一層面倒な事をいっているようだ。

このように私は葬式とか年回とかいう事には冷淡になって了ったが、それでも、その年が実母の五十回忌にあたる事に気が付くと、矢張り、その儘、見過す気にはならなかった。何故なら実母自身はそういう事を無視していなかったに違いなく、又、五十回忌といえば最後の年回とも云えるし、それに、私が母にとって一人の肉親である事などを思うと、型ばかりでも法要をする気になった。然し五十何年か経った今、母の面影はぼんやりして、殆ど捕え難い。小さな写真が二つ残っていて、それらが、僅かに面影をしのぶ頼りになっているが、共に母の二十歳《はたち》前後のもので、紙に写した方は薄くなり、硝子板に写した方は破《わ》れている。

私の母は明治二十八年、三十三で亡くなった。現在の私の年の丁度半分である。

話は外れるが、昨秋、私は息子の直吉を連れ、一週間程、関西へ旅をし、八幡志水の宝青庵に吉井勇君を訪ねた時、紙包にした私の古い日誌を吉井君から手渡された。席には梅原竜三郎、谷崎潤一郎夫妻もいて、私はその場で開けて見る気にならず、直ぐ直吉に渡した。

その午後、松花堂で、大阪の新聞の為めに座談会をし、夜になって奈良東大寺の上司君の所へ行き、其所で初めて、紙包を開いて見た。大正十五年、奈良幸町に住んでいた頃の日誌で、例の如く四月十二日で尻切れ蜻蛉になっているが、寝床へ入って、読むと、忘れていた当時を色々憶い出す興味で、私はそれを通読して了った。隣室に寝ている二十三歳になる直吉が、母親が留守で、泣いて困る事なども書いてあって、私は独り微笑を禁じ得なかった。

此日誌はその後、本屋の希望で、薄い単行本にしたが、吉井君のおかげで還った物ゆえ、序文を乞い、この日誌が吉井君の手に渡るまでの経緯を書いて貰った。「経緯など申すと、事むづかしく相成り候へども」という手紙の態で書かれたもので、大阪の浄土宗の僧侶が「奈良のさる人」から入手したといって、吉井君に示したのを「このまま転々と致し、心なきものの手に入り候はば大兄の御迷惑さこそと存ぜられ候に付、かかるものは御本人の手にお返しするが至当なる旨申したる上、小生の手許にお預り致し置きたるわけに御坐候」と書いてあった。

そして、この「さる人」がまだ大分持っているという事を他の人から聞き、「さる人」が全く心当りがないのと、持っている物がどんなものか分らないので、私は一寸不安な気持になった。

然し、暫くして、その「さる人」も分り、この二月か三月に、それらは総て無事に私の手元に還った。

どうしてそんな物が外へ出たかというと、十数年前、私は子供達の学校の都合で東京に越して来たが、自身は奈良に未練があり、持ち家に留守番を置き、毎夏、家族連れで帰るつもりだった。これは一ト夏実行しただけで、次の夏には私が病気になり、同じ秋には世田谷新町に家を買う事にしたので、金の必要から急に奈良の家を売って了った。それ毎夏出かけるつもりだったから、色々品物を残し、跡始末も充分にしてなかった。それ故、売った時、それをする為め、出かけねばならなかったが、私は病後の身体で、大儀だったし、家内だけでもやろうかと考えたが、未だ幼稚園に通う娘があり、それを残して行かれるのが困るので、総てを奈良の友達に任かせ、家具、食器類は、使えるものがあれば、分けて使って貰う事にした。それで、そういう物は、片付いたが、書斉の戸棚にあった反古類《ほご》が残って了った。私の家を建てた下嶋という大工が善意で、それらを一トまとめにして持ちかえったのである。

吉井君の序文にある「さる人」というのはこの下嶋の息子だった。地方新聞の記者などしている者で、父の持っていたそれらの文反古に興味を持ち、持ち歩き、人に見せたりしているうちに、日誌だけが大阪の僧侶の手に渡ったのである。

下嶋の息子が自身で東京の私の家に届けてくれた時には私は今の熱海の家に移っていたから、直接会う事は出来なかった。それを受取った直吉は「なんだか、つまらない物ばかりでしたよ」と云っていた。「それでもいいからとにかく、届けてくれ」といい、その次、持って来て貰った。然し、見るのも厭で、半年近く私は包みのまま戸棚へほうり込んで置いた。焼捨てるにしても一度眼を通す必要があり、それが億劫だった。

今から二タ月程前、私は遂にそれを開けて見た。直吉のいうようにつまらぬ物ばかりだった。若い頃書いた小説が五六篇、他《ひと》からの絵葉書、それに何枚かの写真。一番困るのは文語体で書いた感想があり、この手帳は見るに堪えず、焼捨てて了った。

そして、最後に実母の手紙が三通出て来た。私は実に不思議な気持になった。これは今まで一度も見た事のないものだった。一通は私が生れた年——明治十六年、西暦でいえば千八百八十三年の暮れに書いたもの、二通目は翌年の何月か日附がなくて、分らないが、私が満一歳になったか、ならぬかの時に書いたものらしい。共に私の生れた陸前石巻から東京の祖母宛に出したものである。第三通目は大阪にいる私の父宛てのもので、私が芝の幼稚園に通っている事とか、飯倉の裏通りにあった森元座の芝居を観に行く事などが書いてあった。

　母の手紙は文章も文字も拙く、家内に手伝わして漸く読んだ。初めの手紙は母が二十一の時のもので私に関した部分を書抜いて見る。

「――おばば様よりももひき直やへ下され候てありがたく存じ候――直や一月きものは唐ちり（モスリン）のもくめ（木理）にてこしらへ申候。当地にては筒そでがはやりにて候ゆへ、てつぱう袖にして着せ申し候――直や写真さし上げたく存じ候ところ、少々かぜひき、はるに相成さし上げ申し候――たいどくとみへ、左の脇の下ただれ候て、そのためか、やかましく日々もり致し居り候、ひだりの股も同じにて、たび〳〵洗ひ、粉ぐすりつけ居り候」

　この他、珊瑚の根がけを送って貰った礼を書き、早速、かけて見た事などを報告している。

次の手紙。

「――直やも日増しに智慧もつき、いろ〳〵おぼえ申し候、あかめなどおぼえ候、ねん〳〵こと申し候て、からだをゆすり居り候。河岸（北上川）にて遊び、つれ帰り候と、どこまでも、又、行くとあばれ申し候。日々皆様と大わらひ致し居り候」

この手紙には私の写真を送る事、その一枚は根岸（母の実家）へおつかわし下されたく、と書いている。その他、私の祖母の母が近くにいて、それへ時々父が祖母からと云って金を与える事、又うまい食物が出来ると、いつも届けているというような祖母の喜びそうな事も書いている。父が父の祖母におくる金の額を五十銭と書いている。十円内外で親子三人暮らす事の出来た時代ではないかと思う。この私にとっての曽祖母は九十近くまで生き、私は十二三の時、祖父母に連れられ、会いに行った事がある。

翌年、私達は東京へ帰った。第三の手紙はそれから二三年して大阪へ行った父に書いたもので、字も文章も前よりは幾らかうまくなっている。一寸面白く思ったのは「直」という字だけが父の書くその字に非常によく似ている事だ。

「――当地御出立の夜は、よほどの風雨にて海上如何と御あんじ申し上げ候所大阪よりの御たよりに海上おだやかにて御安着のおもむき、皆々様御初め安心致し候」

その頃は東海道に未だ汽車のなかった時代で、横浜から汽船で行ったのだ。

「――扨て先日は奈良漬早速御まわし被下、母上様には大よろこびにて、日々御たのしみ、めし上り候。直やことは日々幼稚園へ参り申し候。先日中は毎日の雨天にて困り、その為め父上様にまわしいただき大よろこび致し候。父上様御病気も此節は大きによろしくいらせられ元の御からだにならせられ、休日（祖父は旧藩主の家の家令をしていた）には芝居に御いであそばし候。先日父上様、母上様、私、直やづれにて森元へ参り候所、直やこわがり其ため母上様私は二時頃にもどり申し候。御地今だに御寒さ、さりかね候おもむき、当地にてもまことに不揃の時こふにて、あわせにてもよろしく、昨日今日はかくべつの御寒さに御坐候」

日付けは五月七日となっている。追い書きがあって、

「猶、折角時こふ御いとい遊ばし候よふねがい上げ候。私、文さし上げ候はそもそもはじめてに御坐候、よく御はんじよみ被下たく候」

父が三十五六、母が二十五六、私が五つか六つの時らしい。私は母とは二十、父とは三十違いで、覚えやすく、十三で死別れた母の五十回忌も自分が六十二になったので憶い出したのである。

私は三十一二の年に父の家と離れ、その後、十五回引越しをしているから、こういう古い手紙が自然に私の家で発見される筈はなく、家内も初めて見るといっている。如何してこういうものが私の書斉にあったか。以下は想像で組立てた、それまでの経路であるが、恐らく、これは誤っていないつもりだ。

祖母は毎朝、私の義理の母に髪を結わせていた。私の三つか四つの時、祖母は脳病になり、その時から髪を切下げにしていた。房々とした多い髪で、慣れた者でなければ結えず、夏、温泉へ行った時と、義母が産褥にいる時以外は決して他の者には手を触れさせなかった。油でよごれた小さい金だらいに熱湯を入れ、それでしぼった手拭で癖直しをしてから丁寧に梳り、水油を少しつけて束ね、先を平たくして、薄い止金で挟むのだ。仕事は至極簡単であるが、祖母は手の変る事を嫌った。そういう時、傍には必ず手ふき紙を置き、義母はそれで手を拭いた。手ふき紙は主に古手紙が使われ、祖母はそれを用意して置いて、自分で出して来た。そしてその古手紙の中に母の手紙があったのだと思う。義母は先妻の手紙で手を拭く気がしなかったに違いない。或は私の為めに残して置こうと思ったかも知れないが、それよりも破いて使って了うという無躾な事が出来ない気持だったと思う。そして、何時か私に渡したいと考えていたが、その機会は何十年経っても遂に来なかったのではないかと思う。何故なら、義母と私の間では一度も実母の話をした事がなかったからである。前にも書いたように、母に死なれた当時は私は実によく泣いた。多くは祖母と一緒に泣いたが、今思えば、祖母は泣く私を憐れに思って泣いたのかも知れない。

然し、義理の母が来る事になって、私はもう泣かないばかりか、祖母とも実母の話は決してしなくなった。そう祖母に云われたからではなく、自然にそうなって了った。実母の実家とは変らず往《ゆ》き来《き》していたが、実母の事は全く口にしなくなった。それがその儘、続いた。義母は手紙を渡すきっかけを見出せなかったのだと思う。

義母は父が亡くなってから五年、東京にいて、それから奈良の私の家の近くに来て住み、其所で、今から十三年前、脳溢血で亡くなった。恐らく奈良に住んでいた三年間の何時か、永年持ちあぐねていた手紙を、黙って私の書斉の戸棚に入れて置いてくれたものであろう。私にはそうとより考えられない。そして、それから更に何年か私は其所にいて、遂に気付かず、その儘、東京へ移って了ったのだ。

私は義母に就いても色々書きたい事があるが、それは何時か、別に書こうと思う。この母は私より十一歳の年上で、肉身の母子らしい感情にはならなかったが、義理の関係として、それ以上は望めない程、気持のいい関係で一生終始した。私は我儘な性質ゆえ、母の方では困った事もあったろうと思うが、一度もそれを顔に現わした事はなかった。そして、後年、私が不和だった父と和解する事の出来たのもこの母の努力に依るものだった。

私は実母の実家と段々疎遠になった。実母の実家では父と私との不和を義母が陰で糸を引いている為めだと解していた。伊勢亀山の藩士で、侍という階級ではあったが、江戸時代から東京に住み、家が根岸で、悪い意味での下町風の所があり、私の家や義母の実家とは家の空気がかなり異っていた。気持が低調であった。義母に就いて云う事も根拠があるのではなく、芝居や通俗小説からの連想で、そう思うらしく、私が絶対にそんな事はないといっても、「それはお前が知らないのだ」と云った。

前に、実母の実家が破産しかけた事がある。その主な原因は迷信家の祖母が御嶽講という安価な宗教に凝り、無闇に自家の金を注ぎ込むからで、私の父がその整理をする時、第一銀行の行員であった叔父を釜山の支店に転任させて貰い、祖母が一緒では同じ事を繰返すに違いないと、伊勢の田舎にいる、実母の姉の婚家に蟄居さす事にした。大阪の薩摩の蔵屋敷で生れ、若い頃から江戸に出て、そのまま何所へも出た事のない祖母は娘の家とは云え、淋しい田舎にはどうしても我慢していられなかった。其後、秘かに東京へ舞いもどり、入谷の寺に部屋を借り、一人で住んでいた。或日、私は母の姉から電話で呼ばれ、其話を打明けられた。そして、この事は帰っても、決して云ってはならぬと口止めをされた。二三日して私は学校の帰途、自転車で入谷の寺へ行って見た。祖母は非常な喜び方をした。私が迷信の馬鹿らしさを云うと、「そんな事をいうけど、本統に色々ありがたい御利益があるんだよ」といって、十六七の私の云う事などは全く受けつけようともしなかった。私はその頃、六円の小使銭を貰っていたが、その中から毎月一円やる約束をして帰って来た。祖母は自分の帰っている事を私の父に知られるのを極度に恐れた。又田舎に還される事が恐しいのだ。なるべく戸外へも出ないようにしている位だから、自家では決して云わぬようにと、再三念を押された。私は幾月か、自家の祖母にも母にも秘密にしていた。そして月に一度、一円の金を渡す為めに其所まで出かけて行った。行く度、祖母は大袈裟と思われる位に喜んだ。

私は段々、自家の祖母や母に秘密を持っている事が我慢出来なくなった。ある日、私は祖母に云い、母にも打明けた。以来、金は母の方で送ってくれる事になり、私はもう其所へ行く事をやめた。然し、父への口止めだけは忘れなかったから、祖母も母もそれを守ってくれたらしく、何事も起らなかった。
そういう義母に対し、父との不和を義母の中傷かのように考える母方の祖母に腹を立て、自然、私は遠退くようになった。然し、これは悪意で云うのではなく、低調な気持から、実際にそう思い、私の為めに云っているつもりなのだ。その事は分っていたが、私は段々行かなくなった。何年かして、「白樺」を始めてからでも、伯母の一人に呼ばれ、父の考え通り、会社勤めをし、文学はその余暇にやればいいという事を本気で勧められた事がある。

実母の手紙から私はこういう家内にも話したことのない、色々の事を憶い出した。然し、森元座の事だけは、昔の芝居の話をする時、よく話す為めか、覚えている。外題は知らないが、小栗判官と照手姫の狂言で、縁の高い家の真中に何とか大膳という悪人が厚い座蒲団に懐手をして坐っている。その羽織の紐が胸の所に模様のように輪に結んであるのを不思議に思った事とか、鬼鹿毛という荒馬が小栗判官を乗せたまま、碁盤の上に後足で立ち、前足を高く挙げた事などを覚えている。どういう仕掛けでそういう事をしたのか、私は今も疑問にしている。照手姫が渚で松葉いぶしにされる所では私は祖母の膝に顔を埋めて我慢したが、次の厩の場で、老僕が鬼鹿毛に噛まれ、血だらけになって長ぜりふを云う所では遂に我慢出来なくなって、泣き出して了った。後年、芝居好きになり、色々見ているが、此狂言は見た事がなく今も筋は知らない。

私が八歳の時、祖父は相馬家の家令を辞し、内幸町から、芝の山内《さんない》（芝公園）に引越した。森元町は山内から近かったし、印象もはっきり残っているので、私はこの芝居見物はそれ以後の事とばかり思っていたが、母の手紙を見て、それは私の幼稚園時代の事だったという事を今度初めて知った。

（「座右宝」二十三年十一月号）

妙な夢

夢では私の家内が私の母になっている。病気で苦み、二三人の人が付添って介抱しているところを私は襖を一寸開き、その様子をこわぐ〳〵覗いて見た。母は髪を振乱し、薄いかいい巻の中で身体を海老のように曲げて苦しんでいる。私は瞬間、見るに忍びぬ気持から逃げかけたが、いや〳〵と思い直し、入って行って、病人の寝床の傍に坐り、かいい巻の上から身体を擦《さす》っていた。

次の間に火のよくおこった大きい角火鉢があり、四十位の女の人が大きなフライ・パンで、ショート・ケークとでもいうような菓子を作っている。菓子作りの手伝いをしていたもう一人の女の人が溶けた砂糖に被われた楕円形の菓子を小皿に載せて病人の所へ持って来た。私はこんなに苦しんでいては菓子は食えないだろうと思っていると、病人は床の上に起き直り、俯伏せの姿勢でそれを食い始めた。大した苦痛はないらしい。次の間の四十位の女の人はそれを見て、ニコ〳〵笑っている。覚めてから、私はこの女の人は誰れであったろうと考えたが、分らなかった。つまり知らない人だった。

私は母――実は私の家内であるが――のその様子を眺めながら、これは矢張り、父とは別居する方がよさそうだ、それでなければ母は可哀想だ、生命を擦りへらしている、どうしても父とは別居さすより他はないと思った。――然し、恐らく母はそれを承知しないだろう。こんな事を考えている内に眼が覚めた。

其所にいる病人は私の家内でありながら、私との関係では母になっているのがおかしく、父と考えられている人物は私の家内との関係で、私自身なのが更に変だった。私は夢の中の父なる私自身を腹で非難しているのである。

この夏の暑さには全く弱った。蒸々するので疲れ易く、頭までが疲れて、私は堪《こら》え性《しょう》なく、四方八方当り散らしたくなる。然し四方八方に当り散らす事は後の為めにつつしまねばならず、結局、一番心易い家内にそれを集注して、私はないところに柄《え》をすげ、何か因縁をつけて叱言《こごと》をいう。家内は窮地に追込まれ、益々間抜けなことをする。

何の事であったか、前日もそんなことで、私は家内をいじめたが、それは前にも書いたように家内が悪いのではなく、私の頭が疲れ切って、コントロールが利かなくなる為めで、それが不当であるという事は自分でもよく知っているのだ。

私の祖父は祖母にとって善き良人であった。祖父が祖母を叱ったという記憶は私には一つもない。

然し私の父は私の義理の母によく怒っていた。物を投げつけたりするのを見た事もある。私は祖父と父の中間と云いたいところだが、実は父に近く、よく叱言を云い、物を投げつけたりもした。近年、大分穏やかになったが、頭が疲れると時々それが破れて、理不尽に意地悪くなる。昨日の夕方も私はそういう状態になり、意地の悪い事を考え、それを家内にいってやろうかと思ったが、流石に余り性《たち》が悪いので云うのをやめて了った。

それはある婦人雑誌から、近頃流行のアンケートで、「貴方は生れ変る事があった場合、再び現在の奥様と結婚なさりたいと思いますか」こういう問合わせを受けたとしたら、俺がどういう返答をするか分るか、と云ってやろうかと思ったのだ。そして、俺の返事はもう出来ているのだと云ったら、家内はさぞ不愉快を感じるだろうと思った。結局、私はそれを家内に云わなかったが、それが夢にそんな現われ方をしたらしい。

出来ている私の返事というのは「家内がそれを望むなら、再び結婚してもよし、若し望まないならばそれも亦よし」と云うので、家内は勿論、私の子供達でもそれを聴いたら、さぞ憤慨するだろうと思う答えだった。それが夢の中で子供である私に、父である私に対し反感を持たせ、別居した方がいいというような事を考えさしたのだと思う。夢というものは面白いものである。

（「改造」二十六年一月号）

自転車

夜中、不図眼が覚めて、そのまま眠れなくなったような時とか、寒い朝、いつまでも床を離れられずにいるような場合、よく古い事を憶い、それに想い耽ることがある。老年の所為《せい》もあり、閑散な生活の為めもあろう。五十年、六十年昔の事を、それからそれと手繰ると、その当時よりも却ってその事の意味——単なる記憶として残っていたものの中に、ある意味を見出したりする。私は今、六十九歳で、人間の生涯としては終り近い年であるが、十代の自分を顧み、今の自分とそれ程変りない自分である事を発見したり、憶い出した古い事柄が何かの意味で今の生活に繋がりを持っていると思われたり、面白く思う事がある。これから書こうとする事もそういう憶い出の一つで、五十何年経っていると、時の前後にあやしいところもあるが、拘泥せずに書いて見よう。

私は十三の時から五六年の間、殆ど自転車気違いといってもいい程によく自転車を乗り廻わしていた。学校の往復は素より、友達を訪ねるにも、買物に行くにも、いつも自転車に乗って行かない事はなかった。当時は自動車の発明以前であったし、電車も東京には未だない時代だった。乗物としては芝の汐止から上野浅草へ行く鉄道馬車と、九段下から両国まで行く円太郎馬車位のもので、一番使われていたのは矢張り人力車だった。箱馬車幌馬車は官吏か金持の乗物で、普通の人には乗れなかった。尤も、四人を運ぶ馬車はあって、私達はそれを泥棒馬車と云っていたように記憶する。

その頃、日本ではまだ自転車製造が出来ず、主に米国から輸入し、それに英国製のものが幾らかあった。英国製は親切に出来ていて、堅実ではあったが、野暮臭く、それよりも泥除け、歯止めなどのない米国製のものが値も廉かったし、私達には喜ばれた。

学習院の仏蘭西語の教師に庄司《しょうじ》という背の高い先生がいて、この人が乗っていたのは又一ト時代前のもので、前輪は径《けい》五尺程の大きな車、後輪は一尺もない小さなものだった。近頃は自転車変遷史の絵などで見かける以外、実物は跡を絶ったが、乗るには片足を前輪と後輪とをつなぐ弓なりのフレームについている小さなステップにかけ、もう一つの足で地面を蹴って車を押し、惰性のついたところで、二段目のステップから、悠然と鞍に跨がり、道行く人を眼下に見ながら走って行く。チェインはなく、足の一回転と共に前輪も一回転するのだから、今から考えると、そう早い乗物ではないのだが、総てが悠長な時代で、早い乗物と思われていた。庄司先生が此自転車で今よりも急な九段坂を下りたという噂を聞いて、私達は感服した。

急な坂を登り降りするのは却々に興味のある事で、今の登山家が何山何嶽を征服したというように、私は東京中の急な坂を自転車で登ったり降りたりする事に興味を持った。赤坂の三分坂《さんぷんざか》は急な割りにそれ程六ケしい坂ではなく、霊南坂《れいなんざか》もまだいいとして、一番厄介なのはその隣りの江戸見坂《えどみざか》で、道幅も相当あり、ジグザグに登れるのだから、登れそうでいて、これは遂に登りきる事が出来なかった。恐しかったのは小石川の切支丹坂《きりしたんざか》で、昔、切支丹屋敷が近くにあって、この名があるという事は後に知ったが、急ではあるが、それ程長くなく、登るのはとにかく、降りるのはそんなに六ケしくない筈なのが、道幅が一間半程しかなく、しかも両側の屋敷の大木が鬱蒼と繁り、昼でも薄暗い坂で、それに一番困るのは降り切った所が二間もない丁字路で、車に少し勢がつくと前の人家に飛込む心配のある事だった。私は或る日、坂の上の牧野という家《うち》にテニスをしに行った帰途《かえり》、一人でその坂を降りてみた。ブレーキがないから、上体を前に、足を真直ぐ後に延ばし、ペダルが全然動かぬようにして置いて、上から下まで、ズル〳〵滑り降りたのである。ひよどり越を自転車でするようなもので、中心を余程うまくとっていないと車を倒して了う。坂の登り口と降り口には立札があって、車の通行を禁じてあった。然し私は遂に成功し、自転車で切支丹坂を降りたのは恐らく自分だけだろうという満足を感じた。

私の自転車はデイトンという蝦茶がかった赤い塗りのもので、中等科に進んだ時、祖父に強請《せが》んで買って貰った。普通の大人用のもので、最初の頃はペダルに足が届かず、足駄の歯のような鉄板を捩子《ねじ》でペダルに取りつけ、漸く足を届かす事が出来た。私はそれで江の島千葉などへ日帰りの遠乗りをした。二六新報の秋山定輔《あきやまていすけ》が雙輪《そうりん》倶楽部という会の会長で、私は会員ではなかったが、朝早く神田の秋山邸に集り、十何台、車を連らねて、千葉まで遠乗りをした事がある。稲毛《いなげ》のあたりで、道を横ぎる家鴨に乗上げ、私は車もろ共横倒しになったが、別に怪我はしなかった。家鴨は驚いて二三度搏きをして馳け出し、直ぐ、尻尾の先を振り振り左右に身体を揺する歩き方で飼主の庭へ入って行った。遠乗会は両国橋を渡って解散し、私は山尾三郎という友達と柳原の通りを真直ぐに万世橋に出て、連雀町の蕎麦屋に行った。腹をへらしていたからよく食った。最後に何か今まで食った事のないものを食おうと、釜揚うどんを取り、不味いものだと思った記憶がある。

横浜往復の遠乗りは数えきれない程にした。遠乗りとも思っていなかった。居留地の商館に新しい車が着いたと聴くと、私達は必ず見に行った。商館の裏の砂岩石《さがんせき》の倉庫で、着いたばかりの車を荷をほどいて見せてくれる事もあった。見せて貰うだけなのだが、それを承知で米人の館員は快く見せてくれた。商館は主に海岸通りにあって、頑丈な石造りの建物が多かった。店の名もあったが、何番と番号で云う方が早かった。路から四五段登って行くと、肥った四十位の米人が、デスクで書類を調べている。若い館員が黙って片づけものをしているというような場合が多かった。初夏など、入るとひいやりとして、何かエキゾティックな一種の臭いがあった。彼等は愛想のいい様子もしないかわり、不愛想でもなく、事務的に色々の事をして呉れた。色々見せて貰ったあと、私達はみんな一冊ずつカタローグを貰って、又次の商館へ行く。

私達はケリー・エンド・ウォルシという本屋にも、レーン・クロフォードという唐物屋《とうぶつや》にもよく寄った。ケリーでは子供らしい絵本とか、クリスマスカードのようなものも買ったが、主に文房具類を買った。大陸文学の英訳本を漁るようになったのはそれから五六年後で、そういう本は矢張り此店よりも日本橋の丸善が遙かにいい本を沢山持っていた。レーン・クロフォードではどんなものを買ったか覚えないが、私達は明治生れの

「上等舶来」趣味で、銀座辺のものよりは洒落ているような気がしていた。

　飯は公園近くの小さな西洋料理屋へ行った。グランドホテルとかオリエンタルホテルなどは荷が勝ち過ぎて行った事はなかった。そして、私達は又車を連らね、神奈川、川崎、大森品川と半分競走のように急いで帰って来る。

　ある時、――その時はもう夕方だった。川崎の町はずれへ差しかかった時、私は前を横切る四つ位の男の児に驚いて、急いでとびおりたが、惰性で二三歩進むと、前輪で男の児を仰向様に突き倒した。裾が下腹までまくれ、小さな尖ったチンポコが露われると、子供は泣きもせずに噴水のように一尺程の高さに小便をした。それから子供は急に大きい声で泣き出した。私は忽ち近くの家《うち》から飛び出して来た連中に取り囲まれ、口々に罵られた。私も十四五の子供であったし、故意にした事でないのは分っているから、手荒な事をされる心配はなかったが、丁度後《うしろ》から伊達新之助《だてしんのすけ》という三つ年上の仲間が来て、「俺が引きうけた。貴様は先に行っていいよ」といってくれたので、誰れにともなく一寸頭を下げ、急いで自転車にとび乗って、来て了った。私は普段、伊達とは仲が悪く、よく喧嘩をしていた。子供の頃の三つちがいは身体がまるでちがうし、その頃、私は人並より小さい方だったから、腕力では問題にならず、よく口惜しい想いをしていたが、此時は伊達に好意を感じた。

私達はよく蒲田の梅屋敷で一休みした。高崎弓彦《たかさきゆみひこ》という年上の友達と既に日が暮れてから行った事があり、丁度梅の盛り時で、何も見えないのを、二人で暗い庭を彼方此方《あっちこっち》と歩いて見た。弓彦が「匂うか」というので、私は鼻を吸うようにして嗅いだ。矢張り、ほのかにいい匂いがしていた。弓彦が早速、「匂うかと云われて鼻を」として、あとは三度鼻を吸う音をさせる発句だか川柳だか分らないものを作った。夜梅という題をつけて分る句で、句にもなんにもなってはいないが、文字で書き現わせない句だと面白がったので今も覚えている。後年、宮戸座で見た沢村源之助のうわばみお由《よし》の狂言に、この梅屋敷の場があって、お由が路へ出て待っていると、前の市川寿美蔵の駕籠かきの千太が息せき馳けて来る。お由が「おらあ首を長くして待っていたよ」というと、「おらあ脛を長くして馳けて来たんだ」と云い、二人一緒に身を反らして笑うところがあった。昔の芝居に出て来る位で、江戸時代からの梅屋敷だ。木は余り大きくはなかったが、何《いず》れも古木《こぼく》で、幹には琳派の絵にあるような苔が一杯ついていた。

自転車の憶い出はなかく〳〵尽きない。私達は往来で自転車に乗った人に行きあうと、わざ〳〵車を返し、並んで走り、無言で競走を挑むような事をした。時にはむこうから、そういう風にして、挑まれる場合もあった。

どれだけかして、往来での競走にも余り興味がなくなると、今度は曲乗りに興味を持つようになった。ある時、仲間の二三人が横浜でバーンという曲乗りの上手な男が、前輪を高くあげ、後輪だけで走っているのを見て来て、驚いて私達に話した。暫くして、松旭斎天一《しょうきょくさいてんいち》の奇術の興行の中で、バーンの曲乗りを見、それから私達の間にも急に曲乗熱が高まった。曲乗りをする為めには前の歯車の数を減らし、後の歯車の数を増して、ギヤを少なくしなければならぬ。然し、こうして了うと車の動作は敏捷にも、自由にもなるかわり、速度は出なくなるから、もう人と競走をする事は出来ない。

何所の帰途《かえり》であったか、私はその車で、上野の清水堂《きよみずどう》の前から広小路の方に走っていると、背後《うしろ》から来た二人連れの車に挟まれ、競走を挑まれたが、その車ではもう競走は出来ないので、不意に一人の車の前を斜に突切って、対手の前輪のリムに自分の後輪のステップを引掛け、力一杯ペダルを踏むと、前輪が浮いて、その男は見事に車と共に横倒しに落ちた。二人とも私よりは年上らしく、一人と二人では敵わないから、一生懸命に逃げた。広い通りをまともに逃げたのでは直ぐ追いつかれる。三枚橋から左に折れ、細い路を右に左に、三味線堀の近くまで行き、御蔵橋《みくらばし》から漸く柳原の通りに出て帰って来た事がある。

三四年経って私のデイトンも大分古びたので、何かと買い替えたいと思った。私が欲しかったのはホワイト・フライヤーという今の言葉でいうスマートな車で、フレームは真白で、リムもタイヤーも細手で、競走用ではないまでも、競走用に最も近く、滅多に見かける事のない、多少高級な車だった。然し、何所で手に入れられるか分らなかった。私が何に替えたらいいか迷っていると、森田《もりた》明次《めいじ》という友達が、自身、始終車の修繕をさせている神田錦町の萩原という店に新しいクリーヴランドが来たから、それにしたらどうかと勧めた。ホワイト・フライヤーとは凡そ反対な、堅実一方という感じの車ではあったが、マークの地の所が透明な藍色をしていて、この色に何か情緒のようなものを感じていたから、勧められるままにその気になった。然し現在自分の乗っているデイトンを幾らに下に取ってくれるか、それを確かめる必要があり、或日学校の帰途《かえり》、その店に行って見た。私のデイトンは百六十円で買ったものだが、酷使しているから、そう値をよく買うわけはなかった。

私はこれを売ってクリーヴランドを買うつもりだというと、萩原は五十円で下に取ろうと云った。然し私は未だ自家《うち》から、はっきりした承認を得ていなかったし、クリーヴランドはデイトンよりも高価な車で、それだけに取らしても、尚、百二三十円を払わねばならなかった。私は五十円という事だけを聞いて、帰ろうとすると、萩原は金は直ぐ払うから、車を置いて行けと云った。私は大福帳のような帳面に金の受取りを書かされた。後にはよく古本を売るようになったが、それまでは物を売ったという経験がなかったから、金を受取った時、何か妙な不快な感じがした。

錦町から美土代町《みとしろちょう》へ出て、神田橋の方へ歩いて帰って来た。不図、それまで知らなかった自転車の店のあるのを見た。ショーウインドウにランブラーという車が飾ってある。これはクリーヴランドやデイトンよりも品は少し劣るが、今までのランブラーとちがって、横と斜のフレームは黒、縦は朱に塗った、見た眼に美しい車だった。それが急に欲しくなった。早速、店へ入って値を訊くと、現在持っている金に九十円程足せばいいので、直ぐ決めて、その金を渡し、足らぬ分は自家で渡す事にして、小僧を連れ、その新しい自転車に乗って麻布《あざぶ》三河台《みかわだい》の家《うち》へ帰って来た。古くなったデイトンよりは遥かに軽く、乗心地がよかった。叱言を云われた記憶もないから、祖父がその金を払って呉れたものと見える。

私はこのハデな車に満足した。然し萩原の主人が私の来るのを心待ちにしているだろうと思うと、何となく気が咎めた。然しそのうちにはそんな事も忘れるだろうと思い、そして事実、何時かその事もそれ程気にならなくなった。

　或日、私は森田から萩原の主人が私に「うまくペテンにかけられた」と云っていたという事を聞かされた。私はそれまでペテンという言葉を知らなかったが、聞いた瞬間、この初めて聞く言葉の意味がいやにはっきりと解り、急に堪えられない気持になった。そう云われれば、たしかに私は萩原を欺いた。萩原がそう云うのは当然だと思った。只、私の云い分としては、偶然、帰る道に、今まで知らなかったそういう店があって、思慮する暇もなく、それを買う事にしたので、最初から買う意志のないクリーヴランドを買うと、計画的に萩原を瞞したのではないという事だった。今なら、同じ事をするにしても、買う前に、引返して萩原の諒解を求めたろうが、その時の私はそれをしなかった。それに気がつかずにしなかったのか、多少は気がついていてしなかったのか、はっきり分らないが、十六か七の私が塗分けのランブラーを見て急に欲しくなり、思慮する暇なく買う事にしたようでもあり、然し又、一方では、今自分が萩原に云って来たばかりの言葉が全然頭に浮ばなかったとは云いきれないようにも思う。ペテンというのはそれを計画的にしたという意味だから、その言葉だけを取って云えば、萩原は誤解しているのだが、誤解されるのは腹の立つ事である筈なのが、私は森田から聴いた時、不快で堪えられぬ気持にはなったが、萩原に対し、腹を立てる事は出来なかった。私は良心に頬被りをしていたのだ。ランブラーを買う事にした、その時はそれ程に感じなかったとしても、直ぐ、気付いて、頬被りで、忘れて了おうとしていたのである。

然し、では、どうしたらいいのか。今更、どうしようもないではないかと思った。そして、おかしい事に、私はペテンという言葉をひどく憎んだ。いやな言葉だと思った。ペテンという言葉に対する嫌悪の情はそれから何年も消えなかった。ペテンの行為を憎むというよりもペテンという言葉を憎んだ。その頃の中学生の間では出ない言葉で、耳にする事はなかったが、独り、不図、この言葉を想い出すと、陽が陰るように気持が暗くなった。

私の数え年十七の秋だった。基督教徒がリヴァイヴァルという運動を起こし、各教会で何日かの間毎晩伝道の説教会を開いた事がある。自家にいた末永馨という年上の青年に誘われて私もそれを時々聞きに行った。一番行ったのは赤坂の霊南坂教会であったが、ある晩、外人経営の氷川《ひかわ》病院付属の小さな教会に行った時、種田《たねだ》という牧師の「罪」に就いての説教を聞いているうち、私は急に萩原の事が堪えられない程に心を苦しめ始めた。私はそれまでペテンにかけられたというのは、萩原の誤解だという風にことさらに考えていたのに、不思議な位、その事が私を苦しめた。牧師は地味な感じの人で、説教も煽動的なところはなかったが、堪らなくなって、説教の後、種田牧師が悔改めの祈りをしている時、立って、一番前のベンチへ出て行った。それは悔改めた者の為に用意されたベンチで、私の他にも二三人かけていたが、人並以上にそういう事にはにかみ屋であった私が、それを易《たやす》くしたのは余程興奮していたに違いない。その晩はその事を考えて、なか〳〵寝つかれなかった。翌朝起きると直ぐ、私は祖母のところへ行って、理由を云わずに、十円貰いたいと申入れた。祖母は一寸私の顔を見ていたが、黙って直ぐそれを出してくれた。私は直ぐ錦町の萩原の店へ行った。

その時、私が甚だ意外に感じたのは萩原が私に対し、殆ど不快を感じていない事だった。萩原は愛想よく——その時の私にはそう思われた——迎えてくれた。私は勿論、ペテンという言葉は使わなかったが、その時クリーヴランドを買うといったのは計画的にそう云ったのではなく、その時はその気でいたが、偶然、ランブラーを見て気が変ったのだという事、そして、直ぐ引きかえして断らなかったのは、自分が悪かったと云って謝った。クリーヴランドを買うといった為めに、若し私のデイトンを割高く買ったとすれば、どれだけの損になるか、それを今、払おうと云った。

萩原はにこにこしながら、

「森田さんがそういっていましたよ。私も商売人だから、損をして買うような事はしないから、そんな心配はしなくてもいいですよ。わざ〳〵それを云いに来て下すったんだから、もうそれで話はよく分りました」と云った。そして彼は「商売人」らしい調子で、「今度買う時には私の店で買って下さいよ」とも云ったが、私は用心して、はっきりした返事はしなかった。とにかく、十円持って来たから、それだけ受取ってくれといったが、萩原は受取らなかった。これは五十三年前、総て物価の安かった頃の事で、十円あれば一人一ケ月の生活費になった時代の話である。

結局、私は半分の五円だけを無理に受取らせ、晴々とした気持になって、直ぐ四谷の学校へいったが、永い間、気にかかっていた事が、こんなにたわいなく解決して、憑物が落ちたような気持だった。帰って、残りの五円を祖母に返したが、その時も祖母は黙って受取った。

私は今、この憶い出を反芻し、一番心に印象深い事は、祖母が金の使い道を一ト言も糺さずに渡してくれ、そして、残りを受取る時も黙って受取ってくれた事だ。祖母は日常の生活で何時もそういう人ではなく、時に、つまらぬ事を口喧しく云い、それで喧嘩をする事もあったが、その時、はっきり祖母は毎時《いつも》の場合と別だという事を感じ、一ト言も云わずに請求しただけの金を渡してくれた。これは今思っても気持のいい事で、私の父には決してこの事は出来ない。

祖母はその時から二十年余り生きていたが、祖母との間でこの話は遂にしなかった。祖母はもの覚のいい性《たち》で、それを忘れてはいなかったと思うが、遂に話合わなかった。三十を過ぎて、もうペテンという言葉にもそういう意味の嫌悪は感じていなかったから、ある時、その話をする事も私には出来たが、機会がなかった。今になって考えると、何か心残りである。

私は前に書いた「内村鑑三《うちむらかんぞう》先生の憶い出」の中で、殆ど動機らしい動機もなく基督教に近づいたように書いたが、矢張りこんな事が機縁となって近づいたのかも知れぬ。種田という牧師はその後、何年かして、大阪茶臼山《ちやうすやま》の博覧会で、広場の一隅に立って、五六人の聴衆を対手に説教しているのを見かけたことがある。私は連れもあったので、しばらく立止っただけで去ったが、その地味な調子は前と少しも変らず、そういう場所で大勢の聴衆を集めるという話振りではなかった。

私は自転車に対し、今も、郷愁のようなものを幾らか持っているのか、其所にあれば一寸乗って見たりもするが、自転車そのものが昔と変って了った為めに乗りにくくもあり、流石に今は乗って、それを面白いとは感じられなくなった。

（「新潮」二十六年十一月号）

朝顔

私は十数年前から毎年朝顔を植えている。それは花を見る為めよりも葉が毒虫に刺された時の薬になるので、絶やさないようにしている。蚊や蟆子《ぶよ》は素より蜈蚣《むかで》でも蜂でも非常によく利く。葉を三四枚、両の掌で暫く揉んでいると、ねっとりした汁が出て来る。それを葉と一緒に刺された個所に擦りつけると、痛みでも痒みでも直ぐ止り、あと、そこから何時までも汁が出たりするような事がない。

私は今住んでいる熱海大洞台の住いの裏山の中腹に小さい掘立小屋の書斎を建てた。狭い場所で、窓の前は直ぐ急な傾斜地なので、用心の為め、低い四つ目垣を結い、その下に茶の実を蒔いた。ゆくゆくは茶の生垣にするつもりだが、それは何年か先の事なので、今年は東京の百貨店で買った幾種類かの朝顔の種を蒔いた。夏が近づくとそれらが四つ目垣に絡み始めた。反対の方に地面を這う蔓があると、私はそれを垣の方にもどしてやった。茶も所々に芽を出したが、繁った朝顔の為めに気の毒な位日光を受けられなかった。

この夏は私の家は子供や孫で、満員になった。その為め、一ト月余り私は山の書斎で寝起きしたが、年のせいか、朝、五時になると眼が覚め、未だ睡いのに、もう眠る事が出来ず、母屋の家族が起きるまでは景色を眺め、それを待っていなければならぬ。私の家は母屋も景色はいいが、書斎は高いだけに視野が広く、西南の方角からいうと、天城山、大室山、小室山、川奈の鼻、それと重なって新島、川奈の鼻を一寸離れて利島《と》、更に遠く三宅島までも見える事がある。然しこれは余程よく晴れた日でないと見えず、一年に二三回幽かに見える程度である。正面には小さい初島、そのうしろに大島、左には真鶴の鼻、その彼方に三浦半島の山々が眺められ、珍らしい景色のいいところだ。私はこれまでも尾道、松江、我孫子、山科、奈良という風に景色のいい所に住んで来たが、ここの景色はなかでも一番いいように思う。

毎朝、起きると、出窓に胡坐をかいて、烟草をのみながら、景色を眺める。そして又、直ぐ眼の前の四つ目垣に咲いた朝顔を見る。

私は朝顔をこれまで、それ程、美しい花とは思っていなかった。一つは朝寝坊で、咲いたばかりの花を見る機会がすくなかった為めで、多く見たのは日に照らされ、形のくずれた朝顔で、その弱々しい感じからも私はこの花を余り好きになれなかった。ところが、此夏、夜明けに覚めて、開いたばかりの朝顔を見るようになると、私はその水々しい感じを非常に美しいと思うようになった。カンナと見較べ、ジェラニアムと見較べて、この水々しい美しさは特別なものだと思った。朝顔の花の生命は一時間か二時間といっていいだろう。私は朝顔の花の水々しい美しさに気づいた時、何故か、不意に自分の少年時代を憶い浮べた。あとで考えた事だが、これは少年時代、既にこの水々しさは知っていて、それ程に思わず、老年になって、初めて、それを大変美しく感じたのだろうと思った。

母屋から話声が聴こえて来たので、私は降りて行った。その前、小学校へ通う孫娘の押花の材料にと考え、瑠璃色と赤と小豆色の朝顔を一輪ずつ摘んで、それを上向けに持って段になった坂路を降りて行くと、一疋の虻が私の顔の廻わりを煩く飛び廻わった。私は空いている方の手で、それを追ったが、どうしても逃げない。私は坂の途中で一寸立止った。と、同時に今まで飛んでいた虻は身を逆さに花の芯に深く入って蜜を吸い始めた。丸味のある虎斑の尻の先が息でもするように動いている。

しばらくすると虻は飛込んだ時とは反対に稍不器用な身振りで芯から脱け出すと、直ぐ次の花に――そして更に次の花に身を逆さにして入り、一ト通り蜜を吸うと、何の未練もなく、何処かへ飛んで行って了った。虻にとっては朝顔だけで、私という人間は全く眼中になかったわけである。そういう虻に対し、私は何か親近を覚え、愉しい気分になった。

私以上にそういう事に興味を持つ末の娘にその話をして、何という虻か昆虫図鑑で一緒に調べたが、花虻というのがそれらしく、若しそれでなければ花蜂だろうという事になった。調べながら、虻科の羽根は一枚ずつで、その下に子羽根はないが、蜂科の方は親羽根の下に子羽根がついているという事を知った。朝顔を追って来たのは何れであったか。見た時、虻と思ったので虻と書いたが、今もそれが何れかは分らずにいる。

（「心」二十九年一月号）

夫婦

函南《かんなみ》の病院に療養中の一番上の娘を家内と見舞った帰途《かえり》、一ト月ぶりで熱海に寄り、広津君の留守宅を訪ねた。前夜、家内が電話でそれを広津夫人に通じてあったので、門川の米山夫人が来て待っていた。暫くして稲村の田林夫人も来た。何方《いずれ》も広津夫人と共に家内の親友で、私にとってはバ（婆）ールフレンドである。久しぶりでゆっくり話し、八時三十何分かの電車で帰る。

家内は疲れて、前の腰かけでうつら〳〵していた。電車が十時頃横浜にとまった時、派手なアロハを着た二十五六の米国人がよく肥った金髪の細君と一緒に乗込んで来て、私のところから斜向うの席に並んで腰かけた。男の方は眠った二つ位の女の児を横抱きにしていた。両の眼と眉のせまった、受け口の男は口をモグモグさしている。チューインガムを噛んでいるのだ。細君が男に何か言うと、男は頷いて、横向きしていた女の児を起こすように抱き変え、その小さな口に指さきを入れ、何かをとろうとした。女の児は眼をつぶったまま、口を一層かたく閉じ、首を振って、指を口に入れさせなかった。今度は細君が同じ事をしたが、娘は顔を顰《しか》め、口を開かずに泣くような声を出した。小娘はチューインガムを口に入れたまま眠って了ったのである。二人はそれからも、かわるがわるとろうとし、仕舞いに細君が漸く小さなチューインガムを摘み出す事に成功した。細君は指先の小さなガムの始末に一寸迷っていたが、黙って男の口へ指をもってゆくと、それを押し込んで了った。男はよく眠っている小娘を又横抱きにし、受け口で、前からのガムと一緒にモグモグ、いつまでも噛んでいた。

私は自家《うち》へ帰ってから、家内に此話をし、十何年か前に同じような事が自分達の間にあった事を言ったら、家内は完全にそれを忘れていた。家内のは忘れたのではなく、初めからその事に気がつかずにいたのである。

その頃、世田谷新町に住んでいて、私と家内と二番目の娘と三人で誰かを訪問する時だった。丁度、甚《ひど》い降りで、自家から電車まで十分余りの路を濡れて行かねばならず、家内は悪い足袋を穿いて行き、渋谷で穿き更え、タクシーで行く事にしていた。

玉電の改札口を出ると、家内は早速、足袋を穿きかえた。其辺はいつも込合う所で、その中で、ふらつく身体を娘に支えて貰って、穿き更えるので、家内の気持は甚く忙《せわ》しくなっていた。恐らくその為めだろう、脱いだ足袋を丸めて手に持ち、歩き出したが、私の背後に廻わると、黙って、私の外套のポケットにそのきたない足袋を押込んだ。日頃、亭主関白で威張っているつもりの私にはこれはまことに意外な事だった。呆れて、私は娘と顔を見合わせたが、家内はそんな事には全然気がつかず、何を急ぐのか、今度は先に立って、八公の広場へ出るコンクリートの階段を降りて行く。私は何となく面白く感じた。不図夫婦というものを見たような気がしたのである。

（「朝日新聞」三十年七月七日）

衣食住

私は前から、小説家は衣食住に興味のある方がいいという考えを持っている。それはその人の作品に一種の色彩となって現われるからである。ジイドの小説が何となく色彩に乏しいのは若しかしたらジイドは衣食住に余り興味を持たぬ人ではないだろうかと思った事がある。

「衣」に就いて、私は娘達に割りに八釜しく言う。何故なら、着物の調和という事が分らずに女が一生出鱈目に着物を作るのは女として、凡そ損な事だと思うからで、しかも、そういう感覚は一朝一夕に養われるものではなく、子供からその気でいて、少しずつ分ってくるものだ。金があって、高価なものを買えばいいというものではない。娘を連れ、百貨店などに行くと、店員がよく、これが今年の流行の色ですとか、流行の型ですとかいってすすめる。私はいつも、それじゃあ、やめようと言って店員にいやな顔をさせるが、私はそう娘に教えたいのだ。その年の流行を着て町へ出れば、其所にも此所にもその着物を着た人がいるわけで、そして来年になれば、それはもう流行おくれという事になるのだ。

「食」に就いて、男は食いものの事をかれこれいうものではないとよくいう。うまいか不味《まず》いか自分で分らなければそれでもいいが、分るなら我慢して黙っているのが何故いいのだろう。毎日三度、一生の事だから、少しでもうまくして、自分だけでなく、家中の者までが喜ぶようにしてやるのが本統だと思う。私が一番不愉快に思うのは一寸気をつければうまくなる材料を不親切と骨惜みから不味いものにして出される時である。

「住」はどこまでも自分達の住む所で、客に見せる為めのものではないという事に徹したいと思っていたが、今度、谷口吉郎君に建てて貰った家《うち》は殆ど完全にそういう家になって、私は大変満足している。

（「文芸」三十年九月号）

今度のすまい

二年程前、その時は家を建てようという気もない時だったが、谷口吉郎君に、「全く洒落気のない、丈夫で、便利な家を作るとして、坪、幾ら位かかりますか」と訊いた事がある。谷口君は笑って、「それが一番贅沢な註文なんですよ。洒落た事をしてもよければ幾らでも誤魔化せますが、洒落れちゃあいけないと言われて、いい家を建てるのは一番むつかしいですよ」と言った。それはそうだろうと私も思った。そして、それから、一年して、私は谷口君に家を建てて貰う事になったのであるが、私は費用の点で贅沢な家は建てられないから、前に言った言葉をそのまま繰返しはしなかったと思うが、谷口君はそのつもりで、苦心して、そういう家を建ててくれた。私は大変ありがたく思っている。

屋敷の地坪が九十六坪で、門から七尺幅の細い道、それに十坪余りをとられると、正味八十五坪の地所に物置共で五十坪弱の二階家を建てるのだから、随分無理な仕事である。建物として外側から見せる所は全くないので、玄関前に思い切って深い軒を作り、某所を大谷石の塀と新しい形式の櫺子《れんじ》格子《ごうし》で囲い、せめて、その辺を見せ場にしたが、これが大変効果的で、素人には到底考えつかない事だと思った。

大体私の家は昔から客の多い家であるが、私は客の為め特別な設備を何もしない事にした。奈良上高畑の家にも、世田谷新町の家にも客間はあったが、客が来ても殆ど其所に通さず、直ぐに自分のいる居間兼食堂に通していた。その方が自分にも落ちつきがいいし、客の方も落ちつくらしかった。私の父が晩年麻布三河台に建てた大きな家の半分を客の為めの設備としたのを如何にも馬鹿々々しく思ったので、幾分、その反動でもある。

今度の家でも十五畳の居間食堂兼客間の部屋と、その隣りの八畳の日本間、谷口君は此二つを特に気を入れていい部屋に作ってくれた。八畳は地方にいる娘一家が孫を連れて出て来た場合、泊める為めで、床と並んだ押入れなど夜具を楽に入れられるよう七尺幅に頼んで、私はその座敷にそれ程期待をかけていなかったところが、谷口君は私の希望を入れながら、非常にいい部屋を作ってくれた。この座敷こそ、洒落気が全然なく、谷口君のいう一番贅沢な部屋になったわけである。

丸もの、曲ったものを一切使わず、床柱など杉の四方柾《しほうまさ》というすっきりしたもので、一尺四寸幅の出窓の上まで天井が来ている事とか、その出窓が長さ十五尺の松板で書院作りのように床の間の中まで入り込んでいる事などなか〳〵オリジナルで、しかもその冒険は見事に成功している。新工夫というものはとかく厭味になり勝ちだが、谷口君のこの新工夫は新工夫とも言えない程によく練《ね》れていた。

庭は北川桃雄君と谷口君に頼んだ。庭先が高さ二間の石垣の上になっているので、狭い所だが、鼻のつかえる心配はない。然し、何しろ十四五坪の広さに、庭といえるようなものが作れるかどうか、私にはまるで見当がつかなかった。石垣の上を低い土塀にするという事だけは私の考えだったが、あとは全く分らずにいて、出来てから来て見たら、なか〳〵いい庭になっていた。私は今、苔を枯らさないように朝夕水をやっている。新町から持って来た太い朴《ほお》だけは、移す時期に無理があり、枯れそうだ。

二階は書斎、寝室、それと娘の居間であるが、階段を出来るだけゆるい勾配で作ってくれた事など体力の衰えた私達に対する谷口君の思遣《おもいやり》だと感謝している。

工事を頼んだのは安藤組で、大変親切に、よくやってくれた。

（「芸術新潮」三十年九月号）

耄碌

若い頃は会った人の顔でも名でもよく覚えていて、次に会った時、直ぐそれを憶い出す方だったが、六十前後からそれが怪しくなり、年と共に段々ひどくなった。しかも、そういう事は人の顔や名だけでなく、総てにそうなり、時には自分でも不安を感ずる事がある。軽い程度の時は御愛嬌で、他《ひと》に話し、一緒に笑ったりもしていたが、近頃はもう御愛嬌などとはいっていられなくなった。然しそれも、毎日ではなく、ある日そういう事の頻繁に起る事があるのだ。

今から三週間程前、ある雑誌——その名はもう忘れたが——から、今までに一番厭だと思った事、一番嬉しく思った事、というアンケートの往復ハガキが来た。私はそういう返事は書かない事にしているのだが、その日は直ぐ返事が想い浮んだので、往と復とを切り離し、一番厭だと思った事という下に広島に原爆を落された時、嬉しかった事という所に終戦を知った時と書いた。そして、私は東横百貨店の梅原、安田、前田氏等の展覧会を見に出かけたが、その時その端書を出すつもりで、ラジオの側《わき》に置き忘れて来て了った。

私の家から東横百貨店までは歩いて七分で行けるので、一時間程して還って来ると、娘がその端書を私の前に出し、「こっちをお出しになるつもりだったの?」という。見ると私は往復端書の往の方に返事を書いているのだ。一番いやだと思った事と印刷した下に広島の原爆を書き、一番嬉しかった事という所に終戦を知った時と書いている。そういえば、書く時、書く場所が窮屈だとは思ったが、それがハガキの往の方である事は全く気がつかなかった。私は黙って、何も書いてない復の方と一緒に引裂き、屑籠へ捨てて了った。

しばらくして谷川徹三君が来た。その時、私は二階で寝ながら雑誌を読んでいたが、家内の声で下りて行くと、玄関の薄暗い敷瓦の所に女の人がいた。私は谷川夫人だと思い、「しばらく」と挨拶をした。ところが、それは私の家内だった。家内には私のいった「しばらく」が聴きとれなかったのを、私が「なんだお前か」と言ったので気がつき、笑い出した。

谷川君は髙島屋の「ザ・ファミリー・オブ・マン」という写真展覧会の特別鑑賞会に

これから行かぬかといった。実は数日前、私は家内を連れ、大丸の山下清の展覧会と一緒にそれを見て来たが、両方とも大変な人で、押せ〳〵で只一ト廻わりしたに過ぎなかった。帰って私は疲れてもいたし、少し不機嫌になって、山下清の画は美しい所もあるが、矢張り何か病的な欠陥が感じられ、あれを身辺に懸《か》けて置く気にはならぬといい、又、写真展の方は米国の中でも色々あるのかも知れないが、一方で水爆実験を強引にやろうとしながら、その被害国である日本に、あれでも一種の平和運動のつもりなのだろうが、あのような展覧会を持って来るというのは少し厚顔過ぎるではないか、と悪口を言った。私には今もそんな気が多少あって、谷川君に誘われても気が進まなかった。然し、折角、誘いに来てくれたのを断るのもいやで、着物を洋服に更え、一緒に出かけた。

会場の入口で写真家の渡辺義雄君に会った。渡辺君は最近、私の家を撮りに来たので、よく覚えていた。渡辺君の説明で少し見てから、私は一人になって勝手に見て廻わった。普通の観客を帰えしたあとで、楽に見る事が出来、この前よりは面白かった。ある所で、I氏に挨拶されたが、私は顔も名も全く忘れていて、甚く具合の悪い想いをした。前に二度会っているとの事だったが、まるで憶い出せなかった。谷川君に会ったのでそれをいうと、谷川君は「ああI君」とよく知っていた。

それから又一人で歩いていると、むこうの方に中野好夫君のいるのが見えた。後向きだったが、尖ったはげ頭で直ぐ分った。頭に籠をのせた土人の女が半裸体で大きな乳房を出している写真の前に美しい白髪の青野季吉君がいるのに気がついた。私は青野君とは久しぶりで、なつかしい気もして、声をかけようとしたら、その「青野君」が急に出なくなった。丁度、わきに美術史の鈴木進君がいたので、青野君を指し、小声で「名前が出なくなった」というと、「青野さんですか」といわれ、余りによく知っている人の名が出なくなった事で私は一寸変な気持になった。暫く立話をして青野君に別れ、あるところまで来ると、三十位の女の人に挨拶をされ、話しかけられたが、これは全然誰であったか憶い出せず、そして又少し来ると、今度は男の人に「昨年は軽井沢で……」といわれ、この人も全く覚えがなかった。こういう事は対手の身になればかなり不愉快な事なので、この上、この会場に長居をすれば何人の人に不快を与えるか知れないという不安を感じた。少し広い場所に白い布をかけた大きなテーブルが幾つかあって、大きな皿に鮨その他を盛り、ナプキン紙をかけて出してあった。私は妙に疲れ、皆と一緒に御馳走になる事が苦しい気持になり、もう帰ろうと思った。

柳宗理《やなぎむねみつ》に会った。これは柳宗悦《むねよし》と兼子さんの子で、生れた時から知っているから、久しぶりでも直ぐ分った。木村伊兵衛君がむこうから来る。これもよく知っているので、私は何か一寸嬉しいような気がしていると、木村君は私の前に来て、「木村伊兵衛です」と名乗ってから挨拶をした。私はいささかがっかりした。

私は谷川君を探し、別れを言ってから、其所は六階だったが、階段を馳け下りてやろうと、降り口へ行くと、もう鎧戸が下りていた。まごまごしていると若い人が来て、一台だけ未だエレヴェーターが動いているからと、それへ連れて行ってくれた。私はそれまで、何か気が急《せ》いて落ちつかなかったが、エレヴェーターに入ると、それの降りる感覚と一緒にやれやれというようなほっとした気分になった。ところが、エレヴェーターがまさに地階に着こうという時、私は会場の事務室に洋傘《こうもり》を忘れて来た事を思い出した。イヤになった。然し仕方がない。又そのエレヴェーターで六階まで昇り、運転する人が直ぐなら待って呉れるというので、急いで事務室へ行くと、私のと全く同じような葡萄の柄のものがあり、一寸迷った。それは谷川君のものと分っていたので、間違えたら、あとで取りかえればいいと、一本を持って、待っていたエレヴェーターでやっと降りて来た。もう表口は閉まっていて、普段、客の出入りしない裏口から外に出たが、いつもと町の様子が変って見え、さてどっちへ行ったらいいか方角が分らなくなった。

地下鉄で帰って来た。渋谷の終点で降りる方が自家へは近かったが、私は神宮前で降りると七八百メートル道をグン〱急いで歩いて来た。こう気が急いて、落ちつかない時には自動車などに撥《は》ねとばされたりしかねないので、道を横ぎる時には特に気をつけた。三月二十九日にしては変調に温かい日であったが、私はすっかり汗になっていた。

（「暮しの手帖」三十一年三十五号）

八手の花

　奈良に住んでいた頃、私は仕事で興奮しているような場合、家内が何か子供の事など言い出すと、癇癪《かんしゃく》を起し、「俺は子供の為めに生れて来たんじゃないからね」と言った。家内は私の家に来て、八人子供を生み、長女は五十幾日、長男は三十幾日で亡くなったが、あとの六人はとにかく、皆丈夫に育て、小さいのが少し口を利きだす頃には次がもう腹にいるという風で、年中子供の事で明け暮れ、全く子供の為めに生れて来たような女であった。私には女は——特に家内のような女はそれでいいのだという考えがあった。然し男である私は家内と一緒にそうなるわけには行かないと、それをそんな言葉で云ったらしいのだが、子供が皆、大きくなり、子供に子供が出来るようになった今日、もうそんな事を言わなくなったのは勿論である。

　然し、私はこの二三年、今度は「俺は小説を書く為めに生れて来たんじゃない」と言いたくなる事が時々ある。そして私は「生れたから偶々《たまたま》小説を書いたまでで、小説を書く為めに生れて来たのではない」と本気でそう思うのだ。後にも先にも只一度の生涯をよく生きる事が第一で、その間に自分が小説を書いたという事は第二だという気がするのだ。画家には絵を描《か》く為めに生れて来たような人が時々いる。梅原竜三郎にしても、亡くなった安井曽太郎にしてもそういう人のように思われる。

私は前から画家は死ぬまで描く事が出来るが、小説家は死ぬまで小説を書くというわけには行かないものだと決めていた。体力から言っても年をとって小説を書くのはつらい事である。その上、私自身の場合でいえば人事の煩瑣《はんさ》な事柄が段々厭になって来た。そういう事を総て避けていては所謂小説は書けない。その点、画家の仕事は遥かにいい。自分が厭だと思うものまで描かなくてもいい。自然を対手に美しいと感じたものを描いていればいいのだから、画家は幸福だ。

私は今、七十四歳で、前に考えていた事から言えば何も書けなくなっている筈なのに、未だに何かこまぐ\したものを書いているが、それは知らずぐ\に、画家が描くようなものを文章で書いていたような気がする。

私は所謂小説らしい小説を書きたいとは思わないが、仮りにそう思ったとしても、その為めに自分が嫌いになった人事のイザコザを見たり聞いたりする気にはならない。其所で私は「自分は小説を書く為めに生れて来たのではない」と言いたくなるのだが、生れて来て、小説を書いたという事は勿論、後悔はしていない。他の事をするよりはよかったと思っている。只、若い頃のように一も二も三も小説というような気分は今の私には無くなって了った。

あと何年生きられるか分らない。又、生きていても頭が駄目になって了う事も近頃は頻りに考えられるのだが、それでもとにかく、一人の人間として、この世に生れて来た事に就いて、何ものにも捕われる事なく、もう少し、自分なりに、考えて見たいという気がある。死んで了えば永遠に還《か》える事のない此人生だが、あと僅かな歳月であっても私は深い愛惜を感じている。

私の四つ上の叔父が死ぬ時、「人生とはこんなものか」と言ったそうだ。私は奈良にいて、臨終に間に合わず、叔父のこの言葉を直接聞かなかったから、言葉の持つ調子は摑めないが、後で聞いて、何んだか捨台詞《すてぜりふ》のような感じがして不快な気持になった。叔父は晩年、政治に興味を持ち、右翼的な運動を起こし、その活動の為めに死期を早めた。「人生とはこんなものか」という言葉は恐らく叔父の実感だったろうと思う。死ぬまで、活動していただけに叔父のこの言葉には淋しい変な響が感じられる。

私は今死んでも、人生をそんな風には考えずに済むと思うが、もっと静かに、そういう事の考えられるような生活を憧憬している。それには東京の町中の生活は不適当だとも思っている。

（「新潮」三十二年一月号）

オペラ・グラス

私の孫はもうじき十三人になるが、十二人目、即ち今のところ最後の孫である文男は宮崎県霧島のすそ野、小林という所の種畜牧場にいる。多分四歳だ。生れたのは父親の前任地、長野県岩村田で、二年程前に父の転任と共に九州へ移った。その年の十一月、私の末娘の結婚で、両親、兄共々四人で上京したが、私の家の玄関へ入ると、文男はいきなり、「帰る帰る」と泣き出した。あとでその母、寿々子の説明によると、文男は玄関の様子から小林の医院へ連れて来られたと思ったらしいとの事だった。迎えた祖父母や叔母の顔を見て、気がつき、直ぐ泣き止んだが、初め玄関へ入ると、文男はあわてて逃げ出そうとした。

以下は昨年の夏一ト月程来ていた時の話である。私が一人食堂にいる時、文男はそこのたな（棚）にあったオペラ・グラスをとって、のぞきながら、何かわけのわからぬ言葉で私に話しかけた。きき返すと、文男は同じ事をいう。宮崎の方言をいっているのだと私は思った。前に「マゴテ」何々といい、その「マゴテ」は「本統に」とか「全く」とかいう意味で、来た人にその話をしたら、「マゴテ」は「マコトニ」のてんか（転訛）した言葉だろうといっていた。今、文男がいっている言葉はもっと長く、私には覚えられなかった。丁度、寿々子が入って来たので、

「何をいっているのだ」ときいて見た。娘は笑いながら、

「口から出まかせをいってるんですよ」

母親に素っぱ抜かれた文男は不きげんな顔をして、今度はオペラ・グラスを逆にして私の方をながめ、小さな声で、

「ああ、ばか（馬鹿）が見える、ばかが見える」といった。

文男は近所の子供とけんか（喧嘩）をして、よく泣かして帰って来ると寿々子は困っていた。

ある時、子供の泣声を聞いて、急いで出て見ると、しかられると思った文男は自分が泣かした児の口を掌でおさえ、

「泣いたらいかん、泣いたらいかん」といっていたそうだ。

最近届いた兄康男のハガキ。

ビスケットをありがとうございました。沢山入っていてまた、みんな大喜びしました。僕達はみんな元気です。文男は一ケ月に一センチずつのびているので、せは大分高くなりました。けんかも強くなりました。（下略）

文男の父親はかつてベルリンのオリンピック大会にバスケット・ボールの選手として出場した事があり、身長、六尺一寸。人にきかれると、けんそんして五尺十一寸と答える。母親の寿々子は私よりも一寸高く、五尺七寸ある。来年中学校に入る康男も随分高い方だし、次男の文男も康男の端書によると、どんどんのびつつあるようだ。

私の家内は瑞書を読みながら、

「こりゃあ、ザルを被せないといけませんね」といっていた。

（「朝日新聞」三十四年一月一日）

少年の日の憶い出

私には妙な経験がある。そういう経験をした人はそうは多くないと思うが、祖父が旧藩主の殿様を気違いに仕立てて座敷牢に入れ、その腹異いの弟を立てる為めに二三人の家族や、弟の生母、それに主侍医等と共謀して遂に殿様を毒殺したという嫌疑で、鍛治橋の監獄に連れて行かれた事があった。それは六十五年前、明治二十六年初夏の事で、私が数え年十一歳の時であった。私は一人児で、毎晩祖父母の間に寝ていたから、ある朝、不意に私服（和服）の刑事が二人、裏門から入って来て、祖父を連れて行くのを見て、大きなショックを受けた。

明治二十六年は日清戦争の起る前の年で、新聞種も少ない時だったから、新聞はこれを大きく取上げ、頻繁に号外を出した。

祖父達を訴えたNという男は矢張り旧相馬藩士で、一寸絵が描ける所から、渡辺崋山の偽作などをして暮らしている男だったが、恐らく自身の安直な空想から、毒殺事件というものをでっち上げ、相馬家から金を強請《ゆすり》取ろうとしたのである。素より相馬家ではそれを強くはねつけた。Nは「闇の世の中」という小説を書き、かたわら今の新派の先祖の壮士芝居にこれを上演させ、世間の視聴を集めるような事をした。Nはこれだけでも結構金を集めていたが、その頃の所謂知名人の所を廻って、問題を段段大きくした。そのうちには相馬家で折れて、相当な金で妥協を申込んで来るだろうという胸算用をしていたに違いないのだが、相馬家の方では全然この男を無視していた。うそつきで、人の前で涙を流そうと思えば何時でも流す事の出来るような奴で、軽蔑しきっていたから、何かいってくれれば、叱りつけて追い帰していた。

然しNの事にすれば相馬家からは金が取れず、自分を義人として売込み、色色な人から金を出さしている関係上、どうしても祖父等を訴えなければ引込みがつかなくなったのではないかと思う。そうでなければ「闇の世の中」などを出してから告訴するまでの間が長すぎる。

祖父は六十七歳で、体《からだ》は丈夫な方であった。三年前に家令を辞し、旧藩邸内から芝山《さん》内《ない》に移り、家事一切を父に譲り、法律的にも隠居し、所謂悠々自適の生活をしている時に、急に生活が変ったのだから、自家の者は出来るだけ普段の食事に近い物が食えるようにと、毎朝二時に起きて、その日の食事の差入れをした。郷里から二三人親類の者が来ていて、交る交る差入物を持って面会に行った。私は祖父が連れて行かれてからは祖母とだけ寝ていたが、二時頃になると必ず眼を覚まし、今日は誰れが何を持って祖父の所に行くのかという事を訊ね、そして又眠ったという事である。これは祖母がよく人に話しているのを覚えているが私自身にも此記憶はある。

暑中休暇中で、毎日自家にいたが、それでも時に、芝公園から内幸町の旧藩邸に遊びに行く事があった。辻俥の溜りなどで四五人の俥夫が号外を中に相馬事件の批判をしている所に行き合わせ、皆が祖父の名を云って罵っているのを聞いた事がある。又ある時、私は辻俥に乗り、行き先が云えず、一つ手前の横町にある黒住教会の門前で降り、門の扉のうしろに暫く隠れて、俥夫がいなくなったところで、藩邸へ行った事もある。こういういじけた気持は十一歳の私にはなか〱抜けきれなかった。何の新聞であったか、私に年頃の姉があり、それが贅沢のかぎりをつくしている事を悪意を以って具体的に書いているのがあり、新聞記事に対し、私はその時から不信の念を持つようになった。一番悪いのは赤新聞の万朝報で、後ちには、内村先生、幸徳秋水その他いい記者を集めた時代もあったが、私の家では万朝報という新聞を一度も取った事はなかった。朝日新聞と東京日日とは事件後も引き続き取っていたから、此二つはそういう点では正しい報道をしていたのだろう。

ある日、私は旧藩邸にいた時、誰れであったか「直ぐ帰宅するように」と云われて帰って来た。裏門の前に巡査ともう一人和服を着た男が立っていて私は誰何された。「この家の子供です」というと直ぐ入れてくれたが、自家の者は皆、茶の間に集まって坐っていて、座敷の方で洋服を着た人と和服を着た人とが、沢山の書類を持ち出し、調べていた。

そして私を見ると、洋服を着た方の人が「丁度いい。坊っちゃんに立会って貰いましょう」といった。愛想のいい明るい感じの人だった。私に直ぐ帰るよう云ってくれた人は藩邸内の被告達の家にも家宅捜索があり、恐らく私の家にも来ているだろうと察し、私を帰して呉れたに違いない。私は納戸にも二人と一緒に入って、わきで見ていた。判事は時時私に話しかけ、何か気楽な調子で色色な物を見ていたから、自家の者は一室に坐らされていても、誰れも緊張した気分にはならずに済んだ。昼食を出そうとしたが、判事は断って、和服の男をやって近所の福住という料理屋から蕎麦を取らした。

私の祖母は烈しい気性の女であったが、或日私にNの写真を買って来てくれという。

絵端書という物の未だない時代で、Nはその頃の人気男として、役者や角力の写真を売る店で写真を売っていたのである。目的を云わなかったから、祖母が何に使うのか分らずに、日蔭町の写真屋へ行ってそれを買って来た。祖母は何本かの釘と鉄槌とを持って庭へ下りると、縁の下に入り、縁板の裏側にその写真を打ちつけた。そして「お金の為めに人を人殺しの罪人にしようとする奴はこうしてくれる」と云った。私は祖母と同じようにNを憎んではいたが、その時の祖母は何だか恐しかった。

暑中休暇が済んで、私と四つ上の叔父とは学校へ出なければならなかった。然し何んだか行くのが厭だった。祖父と共に未決に入れられている青田綱三の長男で、幸吾という人が学習院出身の砲兵少尉だったので、その人に誰れか相談に行くと、それは平気で出なければいけないと云われた。そして行って見ると、一人として事件に触れた事を云う者はなかった。

榎本武揚の三男で、私の級で一番腕力の強い尚方というのが、柔道場の側のトラッペスの砂の上に私を連れて行って、「君のおじいさんの無実である事は僕はちゃんと知っている」と云って励ましてくれた。これは非常に嬉しかった。私達がトラッペスの厚い砂の上に向合って立っているその時の光景を今でも私ははっきりと憶い浮べる事が出来る。然し後年考えて、十一歳の尚方がそんな事を知っている筈はなく、わざわざ私を人のいない所へ連れて行って、あらたまった調子でそれを云ったのは、父親の武揚にそうしろと云われ、その通りにしたのだろうと思った。それとも、尚方は父親達の話しているのを聴いて、私を励ましてやろうと自発的に考え、そうしてくれたのかも知れない。大体尚方は男気のある方だったから後の考え方が本統かも知れないと近頃は思うようになった。

そして、祖父達が鍛冶橋へ連れて行かれて七十五日目、漸く青天白日の身となって祖父は還って来た。青天白日という言葉はその時、皆が云うのを聴いて覚えたのだが、とにかく、待ちに待った祖父が帰って来たのだから、非常な喜びである筈なのに私は変な感動で人の背後《うしろ》に隠れていて、祖父の前へ出て行く事が出来なかった。何時頃であったかよく覚えないが、大分夜更けであったような印象が残っている。そのうち、祖父が私の名を云って、「何処へ行った?」と云い、皆も気がついて私は祖父の前に押出されたが、私は只、大きな声をあげて泣いて了った。

祖父達の無実は当時の警視総監園田安賢も知っていたそうだし、品川弥二郎なども祖父達の同情者だったという事である。

私は四五年前、矢田挿雲氏の「相馬事件の真相」という本を読んで色色な事を知ったが、一番困る事は予審判事の一人であるYという男がNから金を貰って、不正な裁判をしていた事だ。

それにもう一人の判事のOというのも金を貰ってNについていた。矢田挿雲氏の書いたものに依ると、Y判事はNから金を貰い、一方では祖父達を自分で未決に入れて置きながら、出来るだけの便宜を計るからといって相馬家からも金を取っていたのだそうだ。その事で私の父がYと料理屋で会ったような事もその本に書いてあった。

然し、万事は明らかになり、間もなく、Nをはじめとして0判事、Y判事等は投獄され、相馬事件というものも漸く型がついた。そして暫くして、突然、祖父は特旨を以ってという但書がついて従六位という位を貰った。品川弥二郎の好意で、祖父の無罪を一層明らかに世間に示してくれたのだそうだ。

毒殺事件の被告だった者が無罪になって、位を貰うというのは、今考えれば変な話であるが、昔は特旨を以ってという但書をつけてそういう事も出来たのである。低い位ではあるが、私は祖父が位を貰ったという事は非常に嬉しかった。そして、この従六位は祖父の墓に刻んである。

今から二十何年か前、その頃、私は奈良に住んでいたが、或る日、京都ホテルの中戸川吉二君から電話がかかり、今自分は淀の競馬で来ているが、昨日自分の馬が優勝して嬉しくて仕様がない。明日お訪ねしたいが、差支えないかという事だった。丁度翌日は娘二人を連れて京都へ行く事にしていたので、帰途京都ホテルに寄るから一緒に奈良へ帰ろうという事にした。私が何んで娘二人を連れて京都へ行く事にしていたのか憶い出せないが、見たい映画があり、それを見に行く約束を娘達としていたのかも知れなかった。

私達は三時頃、京都ホテルに中戸川君を訪ねた。中戸川君は淀の厩舎にいる一昨日勝った自分の持馬を見て貰いたいから自動車で行き、そのまま奈良へ行こうと云った。尼ケ辻の草競馬しか知らない娘達に本場の競馬を見せるのも面白いと思ったが、中戸川君は今行っても大変な人だから済んだ頃に行こうとサンドイッチなどを誂えてくれ、ホテルで少し時間つぶしをしてから大きな自動車で淀へ向った。

淀に着いたのは夕方近くだったが、末だ多少、人が残っていた。直ぐ厩舎に連れて行かれ、中戸川自慢の優勝馬を見せて貰った。私は馬の知識がないから讃める言葉も知らず、黙っていた。その時、騎手にしては爺むさい、長靴を穿いた男が来て、何か馬に就いて中戸川君と話していたが、調馬士だという事だった。言葉に奥州訛りがあるので郷里《くに》を訊くと、郷里は磐城の相馬だといい、更につけ加えて、其男は誇らし気に「私は相馬事件で名高いNの孫です」といった。まことに奇遇で、一寸面白くは感じたが、さて、名乗り合うのも何んだかいやで、その儘にして四人自動車で奈良に向った。

（「婦人公論」三十四年一月号）

老廃の身

所謂文人墨客が八十一才になると、自分の署名の肩によく九ゝ翁と書くが、これは九々八十一の洒落で、その年一年しか使う事の出来ない肩書だが、昨年数えで八十一だった私は、一遍位書いて見たいような気もあったが、絵や字を書く機会がなく、一つ年をとって了い、九ゝ翁は遂に永久に書けない事になった。但し別に残念とも思ってはいない。

老醜という言葉があるが、自分でも確かにそういわれても仕方がないと思う事が近頃はよくある。然し自ら醜というのも愉快でなく、せめて老廃位にして置いて貰いたいと思う。そしてこれは幾ら力んで見ても自認しないわけにいかなくなった。

十年程前、熱海で一人でいるところに、庭の方から背の高い、奇麗な女がニコ〳〵して入って来たので、私は雑誌社の婦人記者と早のみ込みして迎えた所、あとから子供が一人ついて来たのを見ると、それはYという私の孫だった。女は信州岩村田という所にいる私の二番目の娘だったのである。真昼二間と離れぬ所にいる娘を孫を見るまで気がつかなかったわけで、こういう事はその時が最初で、然し、近頃は頻煩にあるようになった。昔の私には決してない事だった。

大雅夫婦が真葛ケ原に茶店を出していた頃、大阪の天王寺に画会があり、それに出席の為め出かけて行ったが、筆函を忘れたので、細君の玉瀾が急いで建仁寺の前まで追って行き、それを渡すと、大雅はいずれの方か知らないが拾って頂いて助かりましたと厚く礼をのべたそうだ。玉瀾の方も言葉もなくてそのまま帰って来たという。前には大雅の飄逸な話として面白く思ったが、近頃の自分で考えると、何か考え事をしていて、本統に気がつかなかったのだろうと思うようになった。

徳山托鉢という禅の話も私は昔から大好きな話であるが、機鋒鋭い棒使いの名人徳山が年老いて、未だその時刻でもないのに庫裡に鉄鉢を持って飯を貰いに来て弟子の僧の一喝に会い、黙ってそのまま引返して行ったという、それだけの話であるが、私は自分が年をとって、腹がへって我慢出来なくなる事が時々あると、この話も実はもっと簡単に考えていい話ではないかと考えるようになった。肉体の「生理的成《なれ》の果《はて》」というようなものではないかと思う。客が何人かあり、一緒に食事する場合、卓上の大皿の料理を客が取るのを待ちきれず、真先に箸をつける事がよくある。尤もそういう場合の客は大概私より若い人達だが、昔の私なら、対手が若い人でもそういう事はしない方だった。

今年は結婚して五十年、子供と孫を集めて金婚式をするつもりである。私はそういう事には興味がなく、これまで一度もした事はないが、金婚式、それから出来れば米寿の祝いだけは子供や孫達にして貰ってもいいという気が近年はしている。そして来年は家内の喜寿なので、家内が望むならうちうちだけで、それもやってもいいと思っている。

私は老年になって、家内に先に死なれる事が大変恐しくなった。よく串戯に私が死んだら、翌日死んでもいいが、先に死ぬのは絶対に困るといっている。

家内は十二年程前、熱海で蜘蛛膜出血という病気をした。それ以来、血圧には終始気をつけていたが半月程前の夕方急に家内は失語症のようになり、物が云えなくなった。然しそれも三十分程で幾らか分って来て、子供の名を上から順に云って見ると、二人まては云えたが三人目はもう分らなくなりいきなり五番目の娘の名を云ったりした。一つは家内の気分は至極快活だったし、私は余り心配せず、あしたになれば直るだろうとその儘、寝かし、そして、自分は階下の食堂に行ってテレビを見ていた。三時間程して、何かの用で、末の娘に電話したついでにその事を話すと、娘は急に興奮し、「どうして今までそんな事を誰にも云わず、お医者にも診せようとなさらなかったの」と怒り出した。その剣幕に私は吃驚し、素直に「その通りだ」と思った。

私は常に家内のその病気を恐れながら、大事な時に少しもその不安を感じなかった事に驚いた。私自身、既に老廃の人間になっていることを思い知らされたように思った。

（「朝日新聞」三十九年一月五日）

蓮花話

「蓮花話」という話は昭和十三四年、私が高田馬場に住んでいた頃、中央公論に金素雲氏が「朝鮮郷土叢話」という題で、短い話を三つ出していた。私は三つの中の一つに惹かれ、切取って置いた。能に書直す事が出来たら面白いものになりそうだと思った事を記憶している。

昨年、この新聞に短い文章を頼まれた時、此話を憶い出し、切抜きを探して見たが、二十六七年経っているので、それが見つからず、筋は覚えているが、肝心の詩の文句を空で覚えていないので断念した。

ところが、一週間程前、私は他の探しものをしていて、古手紙を入れた函の中から偶然その切抜きを発見し、喜んで、読返して見ると、前程は感じなかったが、その儘、埋れさして了うのは惜しい気がして、もう一度、この新聞でそのまま紹介する気になった。金素雲氏には無断で悪いかとも思うが、健在ならば氏の現在の住所を知りたいと思っている。

蓮花話

忠宣王（高麗）久しく元の国に留りたもうころ、某《なにがし》なる女人に情をかけられた。やがて帰国の期に及び、別離に臨んで女は遠く御駕の後を追い、いっかな立帰ろうとしない。その心根をあわれに思召され王は手ずから蓮花一朶を折与えて、せめてもの別情とした。

さて、ひとたびは別れたものゝ王は如何にも名残惜しく、泣き濡れて後見送ったそのいじらしい面ざしが瞼にちらついてどうすることも出来ない。そこで途中から益斎という近臣を使に立てて、いま一度様子を見届けて来るようにと仰せつけられた。

益斎は泊りを重ねて、遥々路を戻り女を訪ねた。見れば王を慕うのあまり、楼に籠って既に幾日も飲食を顧みぬ有様、面は痩細り身は衰えて殆んど口も利けぬ始末であった。それでも益斎を迎えて歓びにおのゝきながら床に起直り、せき上ぐる想いをこめて一詩を賦した。

贈送蓮花片　初日的々紅
辞枝今幾日　憔悴与人同。

「お別れの際に下された蓮花の花びらの紅の色も、もう褪《あ》せました。枝を離れて幾日でしょう。お慕い申上げて病臥した女のようにもろとも、この花も萎れ果ててしまいましたものを――」その美しく浄らな女の真情に益斎は胸打たれる思いであったが、さて立帰ってから王にはあらぬ造りごとを申上げた。

「はや、どう申上げましょうやら、訪ねあてるにはあてましたものゝそれが酒を売る家でどこぞの若い男と打興じて、私めが参りましても見向きもいたしませなんだ。呆れ果てた卑しい女でござりまする」

あまりの事に王はわが耳を疑われた。そのようなことが真《まこと》にあろうとはどうしても信じられないが、さりとて益斎が偽る筈もない。女心のあさましさ醜さが今更に歎かれてそれからというものはフッツリ思い諦められ、やがて無事に都に還御された。

翌年の慶寿節に王前に盞を捧げた上益斎は庭先にひれ伏して死罪を乞い奉った。

「あれは私めの造りごとにござりました。どうぞこの詩を御覧下さいまし」

王は始めて事の仔細を知られた。詳さにその折の模様を聞召され、蓮花の詩を読まれるに及んで拭いもあえず御泪《なみだ》は頬に伝うた。やがて御傍近くに益斎を進ませて慈しむように仰せられた。

「益斎よ卿こそは真《まこと》の忠を知る者じゃ。もしも過ぐる年、そなたが偽りを申さなんだら、よも無事に都には戻っていまい。それというのも余の上を憂え、そちが思いはからってくれたからじゃ、嬉しく思うぞ」

死罪を覚悟の益斎は王の仁慈に泣噎《むせ》んで暫くは面を挙げ得なかった。

（慵斎叢話巻三）

（「朝日新聞」四十年六月二十日）

2

灰色の月

東京駅の屋根のなくなった歩廊に立っていると、風はなかったが、冷え冷えとし、着て来た一重外套で丁度よかった。連の二人は先に来た上野まわりに乗り、あとは一人、品川まわりを待った。

薄曇りのした空から灰色の月が日本橋側の焼跡をぼんやり照らしていた。月は十日位か、低く、それに何故か近く見えた。八時半頃だが、人が少く、広い歩廊が一層広く感じられた。

遠く電車の頭燈《ヘツドライト》が見え、暫くすると不意に近づいて来た。車内はそれ程込んでいず、私は反対側の入口近くに腰かける事が出来た。右には五十近いもんぺ姿の女がいた。左には少年工と思われる十七八歳の子供が私の方を背にし、座席の端の袖板がないので、入口の方へ真横を向いて腰かけていた。その子供の顔は入って来た時、一寸見たが、眼をつぶり、口はだらしなく開けたまま、上体を前後に大きく揺っていた。それは揺っているのではなく、身体が前に倒れる、それを起す、又倒れる、それを繰返しているのだ。居睡にしては連続的なのが不気味に感じられた。私は不自然でない程度に子供との間を空けて腰かけていた。

有楽町、新橋では大分込んで来た。買出しの帰りらしい人も何人かいた。二十五六の血色のいい丸顔の若者が背負って来た特別大きなリュックサックを少年工の横に置き、腰掛に着けて、それに跨ぐようにして立っていた。

その背後から、これもリュックサックを背負った四十位の男が人に押されながら、前の若者を覗くようにして、

「載せてもかまいませんか」と言い、返事を待たず、背中の荷を下ろしにかかった。

「待って下さい。載せられると困るものがあるんです」若者は自分の荷を庇うようにして男の方へ振返った。

「そうですか。済みませんでした」男は一寸網棚を見上げたが、載せられそうもないので、狭い所で身体を捻《ひね》り、それを又背負って了った。

若者は気の毒に思ったらしく、私と少年工との間に荷を半分かけて置こうと言ったが、

「いいんですよ。そんなに重くないんですよ。邪魔になるからからね。おろそうかと思った

が、いいんですよ」そう言って男は軽く頭を下げた。見ていて、私は気持よく思った。

一ト頃とは人の気持も大分変って来たと思った。

浜松町、それから品川に来て、降る人もあったが、乗る人の方が多かった。少年工はその中でも依然身体を大きく揺っていた。

「まあ、なんて面をしてやがんだ」という声がした。それを言ったのは会社員というような四五人の一人だった。連の皆も一緒に笑いだした。私からは少年工の顔は見えなかったが、会社員の言いかたがおかしかったし、少年工の顔も恐らくおかしかったのだろう、車内には一寸快活な空気が出来た。

その時、丸顔の若者はうしろの男を顧み、指先で自分の胃の所を叩きながら、

「一歩手前ですよ」と小声で言った。

男は一寸驚いた風で、黙って少年工を見ていたが、

「そうですか」と言った。

笑った仲間も少し変に思ったらしく、

「病気かな」

「酔ってるんじゃないのか」

こんな事を言っていたが、一人が、

「そうじゃないらしいよ」と言い、それで皆にも通じたらしく、急に黙って了った。地の悪い工員服の肩は破れ、裏から手拭で継《つぎ》が当ててある。後前《うしろまえ》に被った戦闘帽の庇の下のよごれた細い首筋が淋しかった。

少年工は身体を揺らさなくなった。そして、窓と入口の間にある一尺程の板張にしきりに頬を擦りつけていた。その様子が如何にも子供らしく、ぼんやりした頭で板張を誰かに仮想し、甘えているのだという風に思われた。

「オイ」前に立っていた大きな男が少年工の肩に手をかけ、「何所まで行くんだ」と訊いた。少年工は返事をしなかったが、又同じ事を言われ、

「上野へ行くんだ」と物憂そうに答えた。

「そりゃあ、いけねえ。あべこべに乗っちゃったよ。こりゃあ、渋谷の方へ行く電車だ」

少年工は身体を起こし、窓外《そと》を見ようとした時、重心を失い、いきなり、私に倚りかかって来た。それは不意だったが、後でどうしてそんな事をしたか、不思議に思うのだが、其時は殆ど反射的に倚りかかって来た少年工の身体を肩で突返した。これは私の気

持を全く裏切った動作で、自分でも驚いたが、その倚りかかられた時の少年工の身体の抵抗が余りに少なかった事で一層気の毒な想いをした。私の体重は今、十三貫二三百匁に減っているが、少年工のそれはそれよりも遥に軽かった。

「東京駅でいたから、乗越して来たんだ。――何所から乗ったんだ」私はうしろから訊いて見た。

少年工はむこうを向いたまま、

「渋谷から乗った」と言った。誰か、

「渋谷からじゃ一トまわりしちゃったよ」と言う者があった。

少年工は硝子に額をつけ、窓外を見ようとしたが、直ぐやめて、漸く聴きとれる低い声で、

「どうでも、かまわねえや」と言った。

少年工のこの独語は後まで私の心に残った。

近くの乗客達も、もう少年工の事には触れなかった。どうする事も出来ないと思うのだろう。私もその一人で、どうする事も出来ない気持だった。弁当でも持っていれば自身の気休にやる事も出来るが、金をやったところで、昼間でも駄目かも知れず、まして

夜九時では食物など得るあてはなかった。暗澹たる気持のまま渋谷駅で電車を降りた。
昭和二十年十月十六日の事である。

（「世界」二十一年一月号）

銅像

川路聖謨は多分川路柳虹君の曽祖父にあたる人と思うが、私はその名をガンチャロフの「日本渡航記」で初めて知り、此人に興味を持ち、其後、聖謨の孫、川路寛堂編述の「川路聖謨之生涯」を読んで、実に理想的な官吏とし、その立派な人物に感服した。

此人が天保十一年に佐渡奉行として赴任したところを抜書きして見る。

かくて、聖謨はその翌朝同所を出発し、七里（五十町一里なり）の距離を行き、相川の惣門を経て、奉行の公廳に達しけり。由て是れまで、在廳たりし奉行、鳥居八右衛門より事務の引継を受け、又成規の如く、土地の役人より事々の申出を聞き、まづ廳中を巡覧せしに、家屋意外に広大なれど、大広間とて、国内寺院の住職に申渡しなどなす公堂に天井なし、是れ甚だ奇異のことに思ひしに、これよりも亦奇なるは「西洋人襲来の時、民兵の用ゆる備の由にて、いつ頃より出来しや、竹槍数百本あり、これにて凡のこと、おし量るべきなり」と聖謨の日記に見ゆ。

こう言う一節がある。天保十一年といえば今から丁度百六年前で、飛行機は素より機関銃もない時代であるが、竹槍を見て、聖謨は「凡のこと、おし量るべきなり」と呆れている。私がこれを読んだのは八九ケ月前だが、電車の中などで穂先を油で焼いた竹槍を持った男を見かけたり、百貨店で竹槍を売っているとか、寺の庭で女を集め、その稽古をしている等の話を聞き、皮肉でなしに「凡のこと、おし量」らざるを得なかった。近江八幡にいる兵隊達は銃がなく、毎日睾丸蹴りの稽古をしているとか、奈良で聞いた話に陥穴を作り、中に竹槍を植えつけて置く、これが築城部の仕事だとか、一世紀前の聖謨が呆れた事以上の事を今の若者達が黙々としてやらされていたのだ。しかも此時、米国では既に原子爆弾が成功していたのだから、彼我の戦力には話にならぬ差が出来ていたわけだ。

聖謨は江川太郎左衛門と親しく、当時の新しい兵器にも正しい理解を持っていた。佐渡奉行になった時から十三年後、嘉永六年に聖謨は筒井肥後守と長崎に下り、露使布恬《プウチャ》廷《チン》と外交談判をしている。ガンチャロフが聖謨の事を好感をもって書いているのは此時のことである。

聖謨は弘化三年、奈良奉行に左遷された時、多少の余裕を得て、和歌などを作り、山陵の取調べなどしているが、大体は官吏として忙しい生活を続けながら、其間にも読書を怠らず、実によく勉強している。当時の文化人、林述斎、佐藤一斎、藤田東湖、渡辺崋山、横井小楠、佐久間象山、間宮林蔵等と交りがあり、先輩では日田の広瀬淡窓を訪ね、敬意を表したりしている。そして彼自身も亦、文化人臭のない文化人であった。よく勉強し、よく反省し、時々の意見はまめに、建白書として老中に差出している。こう書いて考えた事だが、維新当時の所謂文化人が多く殺されているのに、時代とし、遙に苛烈な今の日本で、所謂文化人が余りに無事平穏だった事は妙な気がしないでもない。

　彼は極端に外国と事を構えるのを恐れ、それを避けようとした。そして秀吉の朝鮮征伐を評し、「太閤様程の人でも、あれだけの犠牲を払いながら、掌程の土地も得ていないではないか」と言っている。これは達見である。吾々の子供らしい英雄崇拝は秀吉が明まで攻略しようとした、その雄志を讃美し、多くの犠牲を払いながら遂に掌程の土地も得られなかった愚挙をこれまで愚挙として考えなかったのは何という変な事だろう。吾々は学校の歴史でそう教えられなかったのだ。

　私は「川路聖謨之生涯」を読んだ後、偶然メレジコウスキーの「ナポレオン」を読み、色々な事を考えさせられた。ナポレオンを超人的な英雄とし、書いていず、人間として、よく見てある所もあるが、結局、こういう人間が此世に生れたという事は悪魔が生れたという事以外ではないという印象を私は受けた。烈しい戦争をした後、ナポレオンは「戦争程醜悪なものはない」と感じている。これはナポレオンの実感なのだが、彼は又直ぐ次の戦争を計画している。征服は彼の三つ児の魂なのである。そして、その後は又同じく感慨をもらし、何度でもこれを繰返すのである。しかもその度毎に何千、何万の人間が犠牲となり、死んで行く。結局ウォタールーでウェーリントンに敗れ、セント・ヘレナに流されるが、メレジコウスキーは此時の二人を評し、ウェーリントンは課せられた任務を果たした軍人に過ぎないが、ナポレオンは理想を持ち、遂にそれに敗れた英雄であるという意味の事を言っている。世界統一を理想というべきか我望というべきか、ヒットラーの場合も同様だが、我望が本態で理想はその衣に過ぎないと私は考える。そして課せられた任務を果たしたに過ぎないウェーリントンは軍人として最も理想的な者といっていいと思う。

吾々はナポレオンでもヒットラーでも此世に送られた大きな悪魔とし、人類にとり、決してそれ以外の者でないと考えるのが本統だと思う。少なくとも学校で歴史はそう教えるべきだ。

田中耕太郎君から聞いたが、南米パラグヮイのローペスというナポレオン崇拝の皇太子が仏蘭西に留学し、帰国後、王となって、近隣の国々と盛に戦端を開き、遂に自分も戦死したが、パラグヮイの人口はその為め、四分の一の老幼ばかりになった。ところが何十年か経ってパラグヮイでは此王の銅像を建て、その武勇をたたえているという。咽元過ぎれば、の譬えの如く、国民は何十年かの間に熱さを忘れて了った。

ナポレオンの場合もフランスはひどい眼に会いながら、後では彼を自慢の種にしている。武者小路は巴里でナポレオンの旧蹟は一切見なかったと言っていたが、フランスが此悪魔を国の誇りにしているのは考えても不思議な事だ。

さて、我が国でも百年、二百年経ち国民が咽元の熱さを忘れた時、どんな歴史家が異をたてて、東條英機を不世出の英雄に祭上げないとは限らぬ。東條は首相の頃、「自分のする事に非難のある事も承知している。然し自分は後世史家の正しい批判を待つよりないと思っている」こう言っていたと言う。その後、新聞で、同じ事を言っているのを読んで、滑稽にも感じ、不愉快にも思った。吾々は秀吉の愚挙を漫然壮図と考えたのだから、西は印度、南は濠州まで攻め寄せた戦争を、その結果を忘れて、自慢の種にする時が来ないとは言えない気がする。自慢の種にするだけなら差支えないが、第二の東條英機に出られるような事は絶対に防がねばならぬ。

　この予防策として、東條英機の大きな銅像、それも英雄東條英機ではなく、今、吾吾が彼に感じている卑小なる東條英機を如実に表現した銅像を建てるがいいと思う。台座の浮彫には空襲、焼跡、餓死者、追剥、強盗、それに進駐軍、その他いろ〳〵現わすべきものがあろう。そして柵には竹槍。かくして日本国民は永久に東條英機の真実の姿を記憶すべきである。

（「改造」二十一年一月復刊号）

鈴木さん

自分の事を他人に書かれて、素直にうけいれられる場合は滅多にない。悪くいわれた場合は勿論、よく書かれた時でも、自身、それ程に思われなかったり、矢張り愉快には感じない。親しい友達が此方のそういう神経を知っていて書いてくれた場合だけが嬉しく思う位である。

今、私は鈴木貫太郎さんの事を書こうと思っているが、未だ一度も鈴木さんにお会いしたことがなく、風貌も新聞の写真で知る程度で、此一文も鈴木さん自身読まれたら、不快に感ぜられるような物になるかも知れない。それにも拘らず、書く気になったのは世間は私が知っている程にも鈴木さんを知っていないのではないかと思われることが一つ、それに、終戦に就いて、鈴木さんが如何に心を砕き、漸くに此所まで漕ぎつけられたのではないかと思われる節があるので、他から聞いた事、更に又聞きなどの鈴木さんを少し書いて見ようという気になった。

鈴木さんは日本海海戦の水雷艇隊司令であり、三十二三年前には海軍次官をしていた人だから、私が若しそういう事に少し注意する方ならば、もっと前から知っていていい筈だが、私は鈴木さんの名を今から二十五六年前に初めて知った。

その夏、私は家族を連れ、箱根強羅に行っていたが、鎌倉に住んでいる四つ上の叔父が大内田盛繁さんという退役の海軍少将、――此人は私の「速夫の妹」という小説に出て来るが、――此人を連れて遊びに来た。

余談になるが、この大内田さんに就いて私の覚えている事を少し書けば、今から五十年前、――と、書くと自分も随分年をとったものだと思うのだが、――金剛、比叡という姉妹艦があって、その比叡が兵学校の卒業生を乗せ、アメリカの遠洋航海から還って来た時、大内田さんの義弟にあたる友達と品川に泊っている比叡に大内田さんを訪ねた事がある。其時大内田さんは中尉だったと思う。金剛、比叡は其頃でも時代遅れの艦《ふね》で、石炭も焚くが、大体は帆で走るという艦で、甲板も舷より人の背丈程低い所にある、今の人から見れば迚も軍艦とは考えられぬような艦だった。後で聞いたところによると、石炭は外国の港に入る時だけ、景気よく焚くのだという事だった。私は十三四で、その頃は海軍志望であったし、艦で大内田さんから米国土産のセルロイドのバッジ――セルロイドがすでに珍しかったし、それと、米国軍艦の写真帳を貰って嬉しかったことを覚えている。以来、二十何年、私は大内田さんに会わなかったが、その間に日露戦争があり、日本にも立派な軍艦が出来、大内田さんはその頃一番大きかった山城という艦の艦長を最後に、少将で退役した人だった。

大体が水雷の出で、日露戦役には鈴木さんの下で、艦長をしていたのだが、大内田さんは箱根で、殆ど自己陶酔の有様で日本海海戦の話を色々してくれた。人的には日本海軍の黄金時代として、特に自分の司令だった鈴木貫太郎さんを讃め、若し日本が此次ぎ戦争をする場合には東郷さんの地位に座る人は此人以外にはないと言っていた。その頃の私は学生時代に通っていた内村鑑三先生の影響で、戦争は極端に嫌いであったが、大内田さんの陶酔しきった話振りには何の反感も起らず、寧ろいい感じで、それを聞いた。其後、大内田さんは軍艦山城の四つ切りの写真に艦名を書き、署名をして送ってくれたが、米国の軍艦帳を貰って喜んだ時とは私も変っていたから、好意だけを受け、写真は直ぐ仕舞込んでしまい、それから度々の移転で、何時かそれも失って了ったから、軍艦の山城という名も若しかしたら違っているかも知れないのだ。然し、此時の話で、私は鈴木貫太郎という名前を覚えた。

それからは、鈴木さんが海軍大臣の交渉を受け、それを断ったというような話、その前後は忘れたが、軍令部長になったこと位しか何も知らず、仕舞いに侍従長になり、鈴木さんとしては変った地位につかれたものだと言うような印象を受けたが、間もなく側近の重臣として最も適任の人だというような気が漠然とではあるが、私にもして来た。

そして、暫くして、二・二六事件が起った。然し、幸いに、鈴木さんは負傷だけで、生命に別条なく、どれだけかして、枢密院副議長、そして議長になった。

ここで一寸話がとぶが、私は七八年前、奈良から出て来て、高田馬場の借家に住んでいた。八人家族には家も狭すぎたし、何処かいい家があれば移りたいと思っていた時、網野菊子さんが、西巣鴨に知っている人の家があり、売ってもいいという話で、ある日、網野さんの案内で、家内、娘達を連れ、その家を見に行った。主人は出征中で、網野さんと目白の女子大で同窓だったという夫人は兵隊への慰問品を買いに出たとか、うちは十二三の半ズボンを穿いた子供と女中だけで留守居をしていた。八畳の日本座敷に椅子、卓子を置いた客間で、私達は茶や菓子の御馳走になったが、私達には餡の入った菓子、その子供には別にビスケットを女中が持って来た。余程大切にされている息子さんだなと私は思った。体格のいい、丸顔の子供々々した子供で、はにかむようなところがなく、ゆったりと、話しかけられた時だけ返事をして、あとは黙って皆の話を聞いているというような子供だった。女中は台所の方へ行っていたから、私達五人の客を小学校の生徒一人で接待しているわけだ。鴨居には軍艦の写真の額があり、座敷の隅には大きな軍艦の模型が飾ってあった。

網野さんは子供に、「あちらの方を拝見さして頂いてもかまいません?」と訊いた。「お母さんがお留守だから……」と子供は簡単に断った。それが如何にも淡々とした調子だったので感じがよかった。

帰途、私は網野さんから、その家が鈴木貫太郎さんの息子さんの家だという事を聞いた。私は鈴木さんの息子さんの夫人が網野さんと同窓だと言う事は前に聞いていたが、うかつにもその日行った家がそうだとは気づかずにいた。網野さんが鈴木さんと言っていたのも知っていたが、鈴木さんの息子さんの家とは思わずにいたのだ。

米英との戦争が始まって、馬来半島からシンガポールへ日本軍が破竹の勢でなだれ込んだ頃の事である。鈴木貫太郎さんは「日本は此戦争に勝っても、負けても、三等国に下る」と家人に言っていたという話を網野さんから聞いて、戦況の最もいい時だったから、私は異様に感じた。

然し、それ程、鈴木さんは此戦争を初めから避けたいと思っていたのだろうとも考えた。それ故、去年小磯内閣のあとを受け、鈴木さんが総理大臣になった時、これはきっと、此内閣で戦争は終るのだろうという風に私は思った。

私は今、世田谷区新町に住んでいるが、丁度、鈴木さんが組閣を急いでいる日に、近い長尾欽弥氏の家に招かれ、其所で近衛さんと一緒になった。近衛さんは時々電話で呼出され、誰れからか、決った閣員の報告を受けていた。

私は此内閣で戦争は終るのではないだろうかと訊いて見た。近衛さんははっきりそれを否定し、発足に軍部の要求を入れて了ったから、そう長い寿命ではないと言っていた。軍部の要求というのは本土決戦の事で、私にはこれはどうも腑に落ちなかった。戦争の初めに、「これで日本は三等国に下る」と言っていた人が、軍部の要求する本土決戦を約束して内閣を引受けるということは辻褄の合わぬ話だと思った。

まして小磯などのように総理大臣になりたくてうずうずしている人ではなし、あの頃のように一日一日空襲は烈しくなり、食糧は押しつまり、外地の戦況も益々非になり行く時に、嘗ては政治を本分とせず、大臣を断った人が総理大臣を引受けるというのはよく〳〵の事で、何か考えがあっての上でなければならぬと思った。然し私自身、そういう事には全くの素人であり、自信もなかったから、専門家の近衛さんがそう言うなら、或はそんなものかと思った。此戦争では腑に落ちぬ事ばかり多く、尚、そう思ったのかも知れない。

然し、それから新聞の調子を注意していると、前とは大分変って来た。表向きの言論は同じでも、皇太子様の日光での御生活の写真が新聞に出たり、朝日の守山特派員が書いた敗戦後のベルリンの模様だとか、何か国民に頭の切りかえを望んでいるのではないかと思われるような記事が出始めた。敗戦後、ベルリン市民が明朗になったという守山記者の記事はそれまでは決して出す事を許されないものだった。

私は六月初め、福井の方にいる娘を見舞いがてら、旅に出た。その途中、若し自家が焼けたら、其所へ疎開しようと思っていた、信州の高遠へ行き、それから天龍峡の近くに疎開している画家の友達を訪ね、名古屋へ出て、米原から福井の方へ廻わり、帰途は久しぶりに永く住んだ事のある奈良に寄り、十日程で帰って来たが、旅行中、考えれば考えるほど、これ以上戦争を続ける事は只奈落の底へ落込むばかりで、戦力の衰弱、食糧の欠乏、人心の倦怠等、それに近頃の新聞の調子から見ても、政府の方針はきっと、終戦に決っているに違いないと思込んで了った。私は旅先で会う友達にもそれを言い、帰れば何か新らしい、そういう話を聞けるものと思い、帰って来た。

ところが、帰って聞いた話と予想とは全く反対だった。何日とかの重臣会議で、いよ〳〵本土決戦に決ったという話。私は驚きもし、落胆もした。

「総理大臣はどうなんだ」

「総理大臣はなか〳〵強硬だったそうだ。東條は勿論だが、小磯、鈴木首相、此三人が強硬に本土決戦を主張したという話だ」

私は何だか分らなくなった。折角、組立てて、これでよしと思った積木を掻廻されたような気がした。然し何か割り切れぬ不自然な感じがして仕方なかった。

幾日かして、私は伊豆の大仁に出かけ、梅原竜三郎に会い、丁度、来ていた久保田万太郎君とも一緒になり、此話をして、

「とにかく、色々な事が不自然だよ」と言ったら、久保田君は、

「作者が下手なのだから、不自然なこと位、平気でやりますよ」と言っていた。

その後の事はいち〳〵書くまでもなく、日本中の中小都市が片端から空襲で焼かれた。前には今晩来そうだと言うような時にはやかましい程飛んだ味方機も、余り飛ばなくなり、戦争が段々一方的になって行くのが吾々にもよく分った。しかもラジオは空襲毎に

「決死敢闘を望む」と放送した。

広島の原子爆弾と露西亜の参戦以後の憂鬱さ加減は嘗て経験した事のない気持だった。

八月十二日の午前、谷川徹三君がわざ〳〵来て、いよ〳〵終戦に決ったということを知らして呉れ、その午後、近所に住んでいる後藤隆之助君も同じ事を知らせに来てくれた。

ところが、其晩、空襲があり、翌十三日は頭の上を低く、敵の艦上機が盛に飛廻わるので、後藤君の所へ訊きに行くと、前日とは話が全く引繰返ったとのこと。何の事か、全く分らなくなった。引繰返した者に対する怒りに燃えた。原子爆弾に対し、私が腹を立てているのを近所の友達から、「原子爆弾に腹を立てるのはかまいませんが、当面の敵を見失っては困りますよ」と注意されたが、今は、その「当面の敵」に対する怒は原子爆弾以上になった。

十四日、朝七時頃、自家を出て田園調布の児島喜久雄を訪ねた。児島は近衛さんに近く、その方の情報を聞かれるかと思ったが、近衛さんの方のそれではなく、侍従をしている徳川氏からの情報で、結局終戦は決っているが、アメリカとの手続上、一週間程先の事になるだろうという話だった。児島自身はそんな事で、割りに暢気にしていた。念の為め、近い田中耕太郎君を二人で訪ねたが、その朝、来た情報局の人の話というのが、大体徳川氏からのと同じなので、私は幾らか安心して帰って来た。

午後、客と階下の部屋で話していると、後藤隆之助君の息子が来た。玄関へ出て行くと、後藤君の息子は真剣な面持で、

「親爺の使で参りました」という。直ぐ二階に案内した。

「今日、御前会議で、無条件降服と決ったそうです。多分、今晩、陛下の御放送があるという事です」というのを聞いた時には、実に何んとも言えない気持がした。後藤君の息子は報告だけけして帰って行った。

子供達は留守だったので、私は家内だけを呼び、客と二人にその事を言おうとするのだが、感動で口が利けなかった。途断れ、途断れに今聞いただけを言った。家内は声をあげて泣き、客も涙ぐんでいた。

それから幾日かして、網野さんから聞いた話。

網野さんは何も知らず、十六日の朝、鈴木さんの息子さんの夫人を訪ねたら、家が焼けていた。鈴木さんの孫さんが丁度焼跡に来ていて、網野さんは其所でしばらく立話をしたが、孫さんは、

「御祖父様も大任を果されたのだから……」

と満足そうに言っていたそうだ。六年程前、半ズボンを穿いていた、その孫さんが、今は大学生だと言うのには私は意外に思った。鈴木さんは知らせがあり、暴徒の来る十分程前に其所を立退かれたという事である。

その後、親類の松村義一から聞いた話。

松村はそれを若槻さんから聞いたのだそうだが、六月何日かの重臣会議の時、若槻さんは此戦争に勝つ見込みがないとすれば何等かの手段で和平の考えをすべきだと言ったところ、東條、小磯が絶対反対を称え、それと一緒になって、鈴木首相も卓を叩いて反対したというのだ。私が旅から帰って、重臣会議で、いよ〳〵本土決戦と方針が決ったと聞いたのは此時の会議である。

然し、若槻さんは鈴木さんが卓を叩いて、本土決戦を主張している時、その背後で、近衛さんが微笑をもらしているのに気づき、変に思ったと言う。

会議が済んだ時、下村情報局総裁が寄って来て、帰る前、一寸内大臣に会ってくれという話で、内大臣に会いに行くと、皇族はじめ、自分達の間では和平より道はもうないと言う事に決って居るから、此事、お含み置き下さいという話。若槻さんは首相はどうなのですと訊くと、勿論、和平説ですという内大臣の返事で、初めて近衛さんの微笑の謎が解けたという話である。

情勢の力というものは恐ろしい。二・二六あたりで思い切って、抑えて了えばよかったのを、それが出来ず、雪達磨は加速度的に大きくなり、遂にどうすることも出来なくなった。これに立向う者があれば忽ち押しつぶされて了う。押しつぶされても、押しつぶされても、立向う人が出れば、仕舞には雪達磨も止ったかも知れないが、今度の戦争ではそういう特攻隊は出なかった。出れば尚反動的になるという説もあったが、とにかく、出なかった。結局、国内的には真正面からはぶつかれない、刃物を持った狂人になって了った。軍が倒れる位なら、国民も、国土も、天子様まで道連れだという乱心振りだった。

終戦後、暫くして私は仲間五六人と外務省のK氏の話を聞きに行った。K氏は外務省では枢要な地位にいる人で、当時の裏も表もよく知っているから、此時の話は面白かったが、只一つ、終戦間際の鈴木さんは昨日の話が今日は変るという風で困ったと言うような事があったので、私は松村から聞いた若槻さんの話をして見た。K氏は、若しそれが本統なら、私共も騙されていたわけですと言った。言い方があっさりしていたから、

K氏自身はそれをどう思っているかは分らなかった。

最近、網野さんから聞いた話。

網野さんはある時、同窓の鈴木さんに「お父様は近頃、戦争に就いて、どう仰有っていらっしゃいますか」と訊いた時、日本は要所々々を握っているから負ける事はないと言っていられると言う返事だったそうだ。然し、この事はどう解していいのか。

戦争の最も調子のいい時に三等国に下ると言っていた鈴木さんが、その後の戦況を知りつつ、そう言っていられたという事は、それが鈴木さんの本音だとは思われない。軍の要求を撥ねつけては組閣は出来ない。それ故、軍の要求を入れ、それを表面では変えず、巧みにカムフラージュをしつつ、その反対に運ぼうというのが鈴木さんの腹だったと思う。それ故、その意味では或る特別な人以外、皆、騙されていたと言っていいのではないか。

そして東條、小磯等は見事、鈴木さんに背負投を食わされたのだと思う。

鈴木さんのこういう面に就いて、其後、松村から聞いた話。

二・二六の時、鈴木さんは射たれて、前へ突伏して了った。止めをさそうとするのを夫人が、老人ゆえ、それだけはやめて貰いたいと言い、将校はそのまま引上げた。しばらくすると、鈴木さんは「もう逃げたかい」と言って、身を起こされたという話だ。松村は「余程、腹の出来た人でなければ出来難い事だ」と感服していたが、私も同感した。熊に会った時と同じやり方だ。

その後、他の人から其将校に就いて聞いた事は、予め鈴木さんの家の様子を見て置く為めに面会を求め、話している内に鈴木さんの人柄に感服して了い、自分は鈴木さん以外の人にして呉れと言い出し、仲間から裏切者だと言われ、止むを得ず、行ったのだという話だ。此話と、夫人に言われ、素直に止めをささずに帰ったという事とは辻褄が合う。

組閣当時、左近次中将に電話がかかり、用は大概分っていたのか、「大臣なんかになるものか」と言って出て行ったが、帰って来た時には矢張り、国務大臣を引受けていた。そして、「親爺に諄々とやられると、どうしても断れない」と言っていたと言う話である。鈴木さんの人柄が感じられる話だ。

三十二三年前、松村が佐賀県の学務課長をしていた時、県の商船学校に練習船として、駆逐艦の廃艦を貰う事になり、その斡旋をしてくれたのが、佐賀県出身の少佐とかで松村は上京してその礼に行くと、一寸次官にも礼をいって貰いたいとの話で、会ったのが鈴木さんだった。それだけの用だから、別に大して話をしたわけではないが、ゆったりとした鈴木さんの印象が大変よかったという事だ。司法次官だった鈴木喜三郎にも会ったそうだが、これは又、丁度反対で、甚く傲慢で、印象が悪かったとも話していた。

近衛さんも鈴木さんは立派な人だと言っていた。然し政治家として期待は持てぬような口吻をもらしていたが、こういう非常な時期には政治の技術など、たいして物の役には立たないのではないか。それ以上のもので乗切るより道がないような状態に日本はなっていたと思う。鈴木さんにはそういうものがあり、鈴木さん自身、それを自覚していて、総理大臣を引受けたのではないだろうか。

組閣の初めに軍部の要求を入れた事も、今から思えば含蓄あるやり方だった。正面衝突ならば、命を投出せば誰れにも出来る。鈴木さんはそれ以上を望み、遂にそれをなし遂げた人だ。鈴木さんが、その場合、少しでも和平をにおわせれば、軍は一層反動的になる。鈴木さんは他には真意を秘して、結局、終戦という港にこのボロ〱船を漕ぎつけた。吾々は今にも沈みそうなボロ〱船に乗っていたのだ。軍はそれで沖へ乗出せという。鈴木さんは舳だけを沖に向けて置き、不意に終戦という港に船を入れて了った。原子爆弾と露西亜の参戦が、それに機会を与えた事は勿論であるが、この事なくしても、八月十五日の大詔は遅かれ速かれ、鈴木内閣で発せられたに違いない。

阿南陸相の自刃のあと、鈴木さん米内さんのそれが続くのではなかろうかと言っていた者もあったが、私は恐らく自刃されぬだろうと思い、且つそれを願っていた。後で聞くと、鈴木さんは自刃しないと言っていられたそうだ。そして再び枢密院議長に座ったのは鈴木さんの天子様に対する忠義心からで、自刃しないと言っていた事からそれは繋がる事だと思う。

一ト頃、遷都という事が噂になったが、鈴木さんは此事には絶対に反対だったという。一度遷都があれば、軍部は陛下を錦の御旗とし、自分達の退くところ、どこまでも御連れする恐れがあり、そうなれば陛下と国民とは遊離して了うという意味で、反対していたという。これは近衛さんの話だった。

若し遷都の事があれば終戦もどういう事になったか。その事なくして八月十五日の大詔を伺う事が出来たのは国民にとってまだしも仕合せであった。

鈴木さんに就いて二十五六年前、大内田さんのいった言葉は思いがけぬ事で矢張り的中したと言える。終戦で鈴木さんの果たされた大任には日本海海戦での東郷さんのそれよりも更に国民から感謝されていいものがあるのではないかと思う。勿論、鈴木さんだけではない。そういう意味で吾々の感謝すべき人はこれから段段分って来る事と思う。米内さんなどもその一人のような気がする。

（「展望」二十一年三月号）

玄人素人

義弟がアメリカから持ち帰った十六ミリ映画にマングースとコブラの戦いを撮ったものがある。戦いというよりもマングースのコブラ狩と言った方がいいようなものだ。面白いフィルムで、私は二度見て、よく覚えているが、マングースを見て、コブラが急に鎌首をあげる。一間程のコブラで、例の杓子のような頭を一尺五寸程――マングースとの比較でそう思うのだが――の高さにあげ、尾の先を細かく震わして、口を少し開け、対手を見下ろしている。これに対し、マングースの方も鬚の生えた小さな口を開け、それを蛇へ近づけ、挑むような様子をして見せる。しばらく、睨み合っていたが、蛇は恰度、人間が球を投げる時の腕のような動作で、マングースに襲いかかった。マングースは蛇のその動作に合わせ、軽く身を退《ひ》いた。蛇の首は空しく地面へ倒れた。蛇は再び、それを鎌首に還えす。マングースは又、口を開け、それに挑む様子をする。蛇が又それにかかる。マングースも軽く身を退いた。それも決して必要以上には退かず、丁度蛇の頭の届かぬ程度に退き、蛇が首をあげるのを待って、隙かさず、又近づいて行く。何遍か、これを繰返すうちに蛇は段々に疲れ、動作が鈍くなって来た。マングースはそれを待っていたのだ。そして仕舞いに、見ていて、「今度はやるぞ」と分る位、呼吸を計り、不意にコブラの頭に噛みついた。頭を噛みつかれたコブラは非常な速さでマングースの身体に巻きついた。蛇は口の上から噛みつかれているのだ。マングースは蛇がすっかり身体を巻いたところで、そのまま――頭を銜えたまま、――自分で前へでんぐりがえしをうった。幾重にも巻かれていたマングースの身体は綺麗に、それから脱けた。蛇は起き上ったマングースの身体を再び巻いた。マングースはすっかり巻かれるのを待って、又でんぐりがえしをうって、それを解いて了う。写真には二度それが映っていたが、その次にはもう死んだコブラの頭を銜え、曳きずって行くところが映って、終りになっていた。如何にもマングースは蛇狩りの玄人で、蛇の習性をよく知っていて、少しも無駄をせず、かけるだけの手間をかけて、仕舞いに殺して了う。「今度はやるぞ」とはっきり分る位、気合をかけて喰いつくところなど、武道の試合を見るようで、面白かった。とにかく、マングースは蛇捕りにかけては練達の専門家だと思った。

　今度は素人の方の話。

四年程前の夏だった。私は便所の手洗いの窓から何気なく外を見た時、前の太い椎の、地上四尺程の股になっている所に、大きな青大将の胴が静かに動いているのに気がついた。私はステッキを持って玄関から出ると、その頃、飼っていたクマを呼んだ。雑種のつまらぬ犬だが、性質がよく、私は此犬を可愛がっていた。私が建仁寺垣を廻って、蛇のところへ行くと、クマも何の用かという顔付で、尻尾を振りながら、随《つ》いて来た。ステッキで蛇を落とすと、クマは吃驚し、急に興奮し、唸ったり、吠えたり、それへ襲いかかった。蛇は逃げようとしたが、其所は左は便所、前は玄関の側面、右は建仁寺垣という、三方ふさがりの場所で、開いている一方から私とクマが来たのだから、蛇は逃げ場がなくなって了った。蛇でも逃げられないとなると、度胸を据えるのか、鎌首を立て、コブラの場合のように尻尾の先を細かく震わし、向う態勢をとった。

蛇は直ぐ前にいるのだから、眼で見ればいいものを、クマは矢張り鼻だけを頼り、鎌首を上げている前に顔を出すから、不意に蛇から襲われる。此場合も、コブラと同じような動作で喰いつきに来るが、クマは驚いて、後《うしろ》へとび退く拍子に腰を抜かしたような恰好になり、その為め、尚、あわてて了う。主人がついているから勇気は凛々たるものだが、無益に興奮し、大騒ぎするばかりで、大事な所で醜態を演ずる。とにかく、マングースとは蛇捕りに関する限り、役者が段違いだった。クマにはマングースのように、はっきりした計画がなかった。

一番下の娘が見に来た。私は娘に芋掘りを取って来させ、それで蛇を殺して了おうと思った。蛇はクマの方にばかり気を取られ、私が傍へ行っても全く注意を移さなかった。私は首から一尺程のところへ芋掘りを突き下ろした。蛇の身体は二つに断れると思ったが、地面が柔かく、断れなかった。クマは私が芋掘りを下ろすと殆んど同時に蛇の胴を銜え、目茶苦茶にそれを振り廻わした。これは遠心力を利用して、蛇に噛みつかれない為めの動作で、それはいいが、乱暴に首を振るので涎がとび散り、それが私の着物にもかかった。蛇を銜えるのが気持が悪いか、尚、涎が出るらしかった。

蛇は私の一撃で死んでいた。クマが口から離した時には蛇は地面で下半身だけを僅かに動かしていた。クマは蛇を退治した事が得意らしく、ふさ〳〵した尾を高く上げ、意気揚々と其辺を歩き廻わり、長い舌を出したまま、時々、私の顔を見上げた。

私はその日、渋谷まで行く用があり、少し遅くなったので、芋掘りを娘に渡し、急いで出掛けた。そして、二時間ばかりして帰って来て、蛇がどうなったか見る為めに、裏口から直ぐ、その方へ行くと、納戸の前の椎の木の下に蛇の死骸は捨ててあった。死骸には白い芥子粒程のものが一杯に付いていた。蝿が抜目なく、蛆を生みつけたのだ。私は鍬を持って来て、蛇の死骸を掬い、先年、志賀高原で採って来た白樺の苗の根に埋めて了った。

その後、中村白葉君が、桜新町の停留場の近くで、猫と山かがしが喧嘩しているのを見て来たと、その話をしてくれた事がある。それによると、猫は犬よりも大分玄人らしかった。鎌首を上げて、襲いかかる時、猫は退かずに、後足で立ち、前足で上手に蛇の頭を横に払うのだそうだ。中村君は拳闘のようだったと言っていた。中村君は最後まで見なかったので、勝負の結果は分らなかった。

とにかく、こういう動物が、その事に玄人か素人かという事は、その対手を食うか、食わないかで分れる事だと思った。マングースにとって蛇は食物だが、犬は蛇を食わない。猫が鼠を上手に捕るのも、それを食うからで、猫は場合によっては、蛇も食うかも知れないと思った。それ故、クマが蛇捕りに不手際で、醜態を演じたからと言って、必ずしも、クマの不名誉にはならない。

クマは其時から、一年程して、腹の脹れる病気になり、二度程獣医に来て貰ったが、少しもよくならず、別の獣医の家に入院させたが、暫くして其所で死んで了った。出入りの植木屋が柳の籠を自転車の後ろに結びつけ、それに乗せて連れて行く時、私は裏口まで送って出て、名を呼んだり、撫でたりしてやったが、淋しそうな眼つきで、あらぬ方をぼんやり見ていて、クマは一度も私の顔を見ようとはしなかった。余程、苦しかったらしい。

間もなく、食糧難が来た。人間さえ食えず、犬など到底飼う事は出来なくなった。どこの飼犬も注射で殺された。私はいい時にクマは死んでくれたと思った。

（「座右宝」二十二年第十一・十二号）

閑人妄語

——「世界」の「私の信条」の為めに——

自分の仕事と世の中とのつながりに就いては私は割りに気楽な考え方をしている。私は来世とか霊魂の不滅は信じないが、一人の人間の此世でした精神活動は其人の死と共に直ちに消え失せるものではなく、期間の長短は様々であろうが、あとに伝わり、ある働きをするものだという事を信じている。簡単な一例として、私は四十五年前に亡くなった祖父を憶う時、私の心の中に祖父の精神の甦えるのを感ずる。こういう意味で、勝れた人間、例えば、釈迦、孔子、キリスト、というような人達の生きていた時の精神活動が弟子達によって一つの形を与えられると、それは殆ど不滅といっていい位に伝わり、働きをする。

創作の仕事も、少し理想的ないい方になるが、作家のその時の精神活動が作品に刻み込まれて行くという意味で、その人の精神が後に伝わる可能性の多い仕事だと思っている。完成した時、作家はそれを自分の手から離してやる。あとは作品自身で、読者と直接交渉を持ち、色々な働きをしてくれる。それは想いがけない所で、思いがけない人によき働きをする事があり、私はそれを後に知って、喜びを感じた経験を幾つか持っている。それ故、作家は善意をもって、精一杯の仕事をし、それから先はその作品が持つ力だけの働きをしてくれるものだという事を信じていればいいのである。

自分の仕事と世の中とのつながりに就いては私は以上のように単純に考え、安心している。

何を失いたくないか。何を長く伝えたいと思うかという問題に就いては私は今の世の識者とは大分異った考えを持っている。

此間、奈良に行って、法華堂で、沢山ある仏像を見て、これをこの儘永久に保存しなくてはならぬのかと考え、一寸憂欝な気がした。塑像の弁財天や吉祥天を見て、一層この感を深くした。

私は、自然に亡びるものは亡びさした方がいいのではないかと思った。亡びる時が来たものを無理に保護し、残して見ても、それがどれだけ今後の文化に貢献するか、功なり名とげた人間をいつまでもこき使う感じで無慙な気がする。法華堂の弁財天がぼろぼろになって厨子の中に立っている姿を見ると、もういい加減に勘弁して元の土に還してやりたいような気がする。それが自然な事だと思う。

私はそれよりも、それらを保護し、保存せねばならぬという事で、生きた人間が負わなければならない負担を考え、自分はそういう役目には廻わりたくないものだとつくづく思った。

正倉院の仮倉にある古い布《き》れの断片を整理し、安全に保護する為めに一億円の金を国庫から出して貰える事になったという事だが、重税に苦しみ、一家心中などの出ている今日、そんな事をしなくてもよさそうに思った。これまで千年以上もそのまま残った物を今、急にそういう事をする必要はない。文化財の保護も大切かも知れないが、一般庶民にとってはそれはボロ布れといってもいいものだ。現在は先ず生きた人間を救う為めに全力を集注する方が本統のように思うが、こんな事をいうのは青臭い書生論というものだろうか。文化財保護に使う金も一家心中を起こした重税の一部だと思うと、ものの軽重が逆になった感じで愉快でない。終戦直後、敗戦の借金として法隆寺をそっくりアメリカに渡しては如何かという説を梅原竜三郎は本気で言っていたが、国民の苦みを軽くする為めにするのなら、それも面白い考え方だと当時思ったものである。

文化財保護などという事は国民の生活にもう少し余裕の出来た時にすべき事で、少なくとも重税を課してまでやるべき事ではないと思う。
この時代は不思議といえば不思議な時代だ。文化財保護など言っている一方では、大変な金を使って、徹底的な破壊力を持った原子爆弾や水素爆弾を作っている。まさか、文化財保護はそういうものから保護するという意味で急に言い出されたわけでもあるまい。

私は三年前から熱海の田舎に引籠り、殆ど東京に出ず、毎日、相模湾の広々した景色を眺め、鳥や虫や草木に接近した生活をしている。最近では夜になると大島の噴火が見える。丁度人間が呼吸をするように、ある間隔をおいて、血のような色の火を高く噴きあげるのがなかなか美しい。私は此時代と遊離したこのような生活を送っているが、時にはその為、却って今の時代が分るような気のする事もある。他人に言わせれば閑人《ひまじん》の妄語《たわごと》に過ぎないかも知れないが、「世界」からの課題が早く片付いたので、続けてそれを少し書いてみる。

「この時代の人間は大変な時代遅れな人間なのだ」私はこんな事を考えた。今の時代では色々なものが非常な進み方をしている。進み過ぎて手に負えず、どうしていいか分らずにいる。思想の対立がそれであり、科学の進歩がそれである。科学の進歩に対しては何か一つファインプレーがあると吾々は何も分らずに拍手喝采をおくる。例えば或る長距離の無着陸飛行に成功したという記事を読むと、新記録好きの今の人々は直ぐ拍手喝采をするが、一体、この事が吾々庶民にとってどういう事を意味するかといえば爆撃を受ける時の危険率が増したという事以外の何ものでもないのだ。そういう能率のいい飛行機で愉快な旅をするなどと言う事は先ずないといっていい。それを喝采して喜ぶというのはおかしな事だ。

人間が新記録を喜ぶ心理は人間の能力が此所まで達したという事を喜ぶ心理で、これが為めに人間は進歩したのであるが、今となっては、それも「過ぎたるは尚、及ばざるに如《し》かず」で、何事もあれよあれよで手がつけられずにいる有様だ。この事が予見出来ず、これまでに手綱がつけられなかったというのは如何にも智慧のない話である。今の人が時代遅れだというのはそういう意味からである。

デモクラシイがいいか、マルキシズムがいいか、何方なのであろう。両方いいものならば、それがかくも対立して、世界を今日のような不安に陥れる筈はないし、何方かがよく、何方かが悪いものなら、思想とし、政治形態とし、今日までに優劣をはっきり決めて置けばよかった。素朴過ぎる考え方かも知れないが、私はそんな風に思う。これは思想家、政治家達の怠慢だったと思う。そして今のように結局、対立の解決を武力に求めるというのでは、思想も政治もなく、最初から腕力で争う動物の喧嘩と何等選ぶところはないというわけだ。第二次世界大戦中から、此次ぎは米国の民主主義とロシアの共産主義の対立になり、第三次世界大戦になるだろうと、よく人が言っていたが、それだけ分っていて、どうして今までに何もしなかったのだろうか。思想家、政治家、宗教家、学者達の怠慢と言えるように思う。

科学に就いては科学の限界を予め決めて置いて、それを超えない範囲で進歩さして貰うというわけには行かないものか。大体、こういう考え方は学問、芸術の世界では承認出来難い考えで、愉快な考えではないが、科学の場合だけは限界を無視し、無闇に進歩されては大変な事になると思う。そして、その限界は地球という事になると思う。人間は此地球から一歩も外に出られないものだからである。

私は若い頃、アナトール・フランスの「エピキュラスの園」の一節で、此地球が熱を失い、最後に残った一人の人間が、何万、何十万年の努力によって築き上げられた人間の文化をその下に封じ込めて了った氷河の上で、最後の一人が光の鈍った赤い太陽を眺め、何を考えるという事もなしに息をひきとる、これが最後の人間の絶えた時だというような事があるのを読んで、反抗するような気持で、それは地球の運命であって、必しも人類の運命ではないと思った事がある。吾々は人類にそういう時期、即ち此地球が吾々の進歩発達に条件が不適当になる前に、出来るだけの発達を遂げて、地球の運命から自分達の運命を切り離すべきだと思った。これは大変便利な考え方で、この考えをもってすれば、大概の現象は割りきれた。究極にそういう目的があるのだと思うと、如何なる病的な現象も肯定出来るのである。そういう人類の意志の変則な現われだと思う事が出来るから、総てが割りきれた。飛行機の無制限な発達も、原子力も（その頃はこんなものはなかったが）総て讃美する事が出来るわけである。私は三十二三歳まではそういう空想に捕われ、滅茶苦茶に興奮する事がよくあったが、どうかすると急に深い谷へ逆落《さかお》としに落とされた程に不安焦慮を感じる事がよく有った。私はそれに堪え兼ね、東洋の古美術に親しむ事、自然に親しむ事、動植物に接近し親しむ事などで、少しずつそれを調整して行くうち、いつか、前の考えから離れ、段々にその丁度反対の所に到達し、漸く心の落ちつきを得る事が出来た。以来三十何年、その考えは殆ど変らずに続いている。

それはさて置き、私は科学の知識は皆無といっていい者だが、自然物を身近く感ずる点では普通人以上であるという自信があり、臆面もなく、こういう事を書くのであるが、今の科学は段々地球からはみ出して来たような感じがして私は不安を感ずるのである。第一に吾々がそれから一歩も出る事の出来ない地球そのものが段々小さくなって行く事が心細い。遠からず、日帰りで地球を一周する事が出来るようになるだろう。これは真に淋しい事である。人間以外の動物でそんな事をしたいと思ったり、しようとする動物は一つもない。しかも、人間にそういう事が出来るようになって、どういういい事があるのか。考えられるのは悪い事ばかりである。己れの分を知るというのは個人の場合だけの事ではない。人間のこの思い上りは必ず自然から罰せられる。既に人間はその罰を受けつつあるのだ。私にはそう思える。人間が幾ら偉らくなったとしても要するに此地球上に生じた動物の一つだということは間違いのない事だ。他の動物を遥かにひき離して、此所まで進歩した事には感心もするが、時に自らを省みて、明らかに自身が動物出身である事をまざ〱と感じさせられる場合もあるのだ。

最近、私は庭で親指の腹程のガマ蛙を見つけて、硝子の花器に入れて飼って見たが、ガマは逃れたいと思うのか、花器の側面につかまって、のび上るようにしてよく立っている。その恰好が未だ歩けない赤児のつかまり立ちにそっくりなのだ。しかも、赤児がやるように、それで横歩きをする。腰から下に、膝があり、すねがあり、踵があり、足のひらがある。ひろげた手には肘があり、掌があり、指がある。異るところは首が人間のようにくびれていないだけである。

大分前の話であるが、世田谷新町の自家で、ある雑誌記者と話している時、夏の事で、夕立があり、私は縁の方に座蒲団を出して庭を眺めていたが、つくばいの熊笹の中から大きなガマが四這いに這出して来た。「大きなガマが出て来た」と言って客に教えたが、客の坐っている所からは障子に遮られて見えず、其人はそれを見る為めに座敷から四這いに這って縁側の方に出て来た。私の所からはガマも、その人も同時に見られるのだが、その人の這って来る恰好が庭のガマと全然同じなので、私は「成程」と大いに感心した事がある。それらの動物が人間によく似ていると思う事もあるが、同時に人間がそれらの動物によく似たものだと感心する事もある。

動物の世界も強食弱肉で、生存競争はなかなか烈しいが、何かその間に調和みたようなものも感じられ、人間の戦争程残忍な感じがしない。

つまりそれは自然の法則内の事だからかも知れない。人間同士の今日の殺し合は自然の法則の外である。

人間は動物出身でありながら、よくぞ、これまで進歩したものだという事は驚嘆に値するが、限界を知らぬと言う事が人間の盲点となって、自らを亡すようになるのではないか。総ての動物中、とび離れて賢い動物でありながら、結果からいうと、一番馬鹿な動物だったという事になるのではないかという気がする。今の世界は思想的にも科学的にも、上げも下げもならぬ状態になっている。他の動物にはなく、人間だけがそれを作った、思想とか科学とかいうものが、最早、人間にとって「マンモスの牙」になって了ったように思われるが、どういうものであろうか。

（「世界」二十五年十月号）

あの頃

あの頃の事を考えると、色々つらい事は沢山あったが、食いものでは随分弱った。みんな、多少なり栄養失調にかかっていて、そういう連中が寄れば、必ず食いものの話の出ない事はなかった。映画を見ていても、何か食う場面が出て来ると実に羨しかった。法律は本統に食えない経験をした人が作らねば駄目だと、そんな事まで考えた。食えない為めに犯す罪は、罪としても全く別な扱いをすべきだと思ったりもした。

私の家には所謂育ちざかりの子供が二人いて、食不足の為めに発育が止まるような事があっては困ると考え、何か手に入ると、なるべくそれらに余計食わすようにしていた。老人は小食の方がいいとか、淡泊なものがいいとか、よく言うので、私もその気になったが、これが間違いで、若い者は粗食からでも、ある程度栄養を吸収するが、老人にはその力がなく、段々衰え、歩く足元が怪しくなり、頭までが妙に働かなくなり、ぼんやりして来た。しかも、つまらぬ事にやたらと涙もろくなり、自分でも不愉快で仕方なかった。私は方針を変え、今度は自分だけ特配を貰う事にした。

私は若い頃から、酒は余り飲めない方だったが、砂糖がなくなると、糖分の不足から急に酒が欲しくなり、支那から帰った人に白酒《ぱいちゅう》をビール壜に一つ貰い、それに水を割って飲むのだが、電車を降り、自家へ帰るまでの途で、その事を想うと、ひとりでに笑いが頬に浮ぶのを禁じ得なかった。

食通は薄味を喜ぶが、此時代は何んでも濃い味のものがよく、塩気の強いものがうまかった。身体が要求するのだ。薄味がいいと言うような人は働かずに栄養を充分蓄積している者の言い草で、味覚の発達でも何んでもないと思った。

終戦後、同心会というのが出来て、ある日その会合が岩波書店の応接間であった時、皆弁当持参であったが、岩波からの寄付で、その菜として支那料理が幾皿か出た。当時としては珍らしい御馳走だった。私の前に、大きなテーブルを挟んで、西洋史家の今井登志喜氏がいて、鉈豆の烟管に吸いかけの短かい紙巻をさして吸っていたが、忽ち吸い終ると、再びシガレット・ケースの中を探していた。然し、もう吸いかけもないらしく手もち不沙汰にぼんやりと、右左、首を廻《め》ぐらし、烟草《たばこ》を吸っている人々を眺めていた。

そのうち、私の前の小皿に鶏の骨つきを揚げたもの、それは殆ど骨だけで、私が口から出して、其所に置いといたものだが、今井氏はそれを見ると、急に自身の箸をとり上げ、手を延ばして、はさみ取ろうとした。私は慌てて、「駄目だ駄目だ、口から出した奴だ」といって止めたが、今井氏はニコリともせず、黙って又箸を置いた。私は私の烟草入れに残っている紙巻二本のうち一本を贈呈した。今井氏は如何にもうまそうに、それをふかしていた。

「喉元《のどもと》過ぎれば熱さを忘る」で、こういう苦しかった記憶も今は段々霞《かす》んで来たが、然し、二度とあの経験をする事は、もう真っ平である。

（「新潮」三十年八月号）

紀元節

今、紀元節が議会の問題になっているが、どうしてそれ程にこんな事が問題にされるのか私には不思議に思われる。先ず手始めに紀元節からきめて、それを礎石として、段々に戦争前のような考え方に国民を誘導しようと考えている連中の仕事だというなら分るが、日本が再びそうなる事を恐れている人々までが一緒にそういう事をいっているとするとどういう気持か全く分らなくなる。多少ともそういう懸念のある事ならよして置いた方がいい。子供のころにうたった「雲に聳ゆる高千穂の」の歌をなつかしむ懐旧の情から、二月十一日の紀元節はあってもいいではないかというような事をいうのんきな連中もいるが、この問題にそんな感情を入れて考えるのはよくない。今の子供にこれから「雲に聳ゆる」をうたわせれば、大人になって矢張りそういう感情を持つようになるかというと、恐らくそういう事は起らないだろう。事実でない事を知りつつうたっているものが、そういう感情を起すはずがない。この問題はもっと若い世代の人々に計って決めるべきで、十年、廿年経てば死んで了う連中の意見で決めるのはよくない。若い人々にとって、信じもしない紀元節を遺《のこ》されるのはまことに迷惑な話である。紀元節は作られた伝説で、この虚構を迷信にまで発展さして何かに利用しようという悪い考えを持っている者が居ないとはいえないのだ。既に歴史としてははっきり否定されているものを無理に押しつけられる事は如何に若い人達に苦痛であるか、もしここで譲歩するというどういう事が起るか知れないと思うのは無理のない不安である。また教育者が子供にきかれても返事の仕様もないという、これも立派な反対の理由である。今時、何故《なぜ》こんな問題が起り、議会で騒いでいるのか実に不思議だ。

古い国程、こういう記念日はないという。ない事が寧ろ自慢の種になるなら、一度やめた紀元節を多数の反対を押し切ってまで作ろうという連中の気が知れない。何かの野心があるのかも知れないと、痛くない腹を探られるだけでもつまらぬ事ではないか。

間違っていた事は段々正して行くというのが学問だ。その間違っている事を承知で、政府が復活し、国の祝日にしようというのはまことにおかしな話である。

（「朝日新聞」三十三年二月十一日）

3

猫

私は永年、自分を猫嫌いと決めていた。一体は動物好きなのだが、家《うち》の中《なか》で飼うのが嫌いで、それも猫嫌いの一つの理由になっていた。猫を若し、戸外《そと》で飼えるならと考え、野良猫に餌を与えて、そう馴らそうとした事もあるが、駄目だった。

動物好きは大体、犬好き、猫好きと二つに分かれるようだ。メーテルリンクは犬好きで、自分の戯曲の主人公の名を採《と》ったペリアスという子犬の事を「私の犬」という随筆風の小論文に非常な好意をもって書いているが、矢張り猫は嫌いとみえ、「青い鳥」では猫は悪者になっている。

私はこれまでに猫の事を二度書いているが、猫嫌いの割りには悪く書いていない。鶏を獲《と》った猫が罠にかけられ、殺される話を書いたが、それでは猫に大変同情している。もう一度は、長篇小説のある場面に仔猫と母猫とを書いている。此所でも私は善意を以って書いている。然し、四十年の間に僅か二度しか書いていないというのは矢張り、猫好きでない証拠かも知れない。

ひとの家に行っていて、其所の飼猫が膝に乗って来る。私は直ぐ首筋を摘んで下ろして了う。犬でも馴れ馴れしいのは嫌いだが、猫のは馴れ馴れしいのを通り越して図々しい。寝心地がよさそうだと思えば知らない人の膝でも平気で這上って来る。こういう身勝手な性質を私は好まないのだが、猫好きが猫を讃める時には、よくこの性質をも一緒に讃めている。

Kという猫好きの友達が膝の上に円くなっている猫を両掌《りようて》で愛撫しながら、「犬は下っ腹に毛が生えていないから厭だ」と云った事がある。成程と思った。Kのような愛撫の仕方をするのに下腹に毛が生えていなかったら、成程具合が悪いだろう。そういえば猫の下の腹には柔かな毛が密生している。愛撫するにはこれでなくては困るわけだ。それに犬は猫よりも骨が固く、毛が荒い。その上、体臭も強い。文字通りの愛撫を楽む猫好きにとっては猫の方がいいというのは、たしかに理由のある事だと思った。

三週間程前、娘の貴美子が書庫に猫が仔を三疋抱いて寝ているのを発見した。私達は最初、其所で産んだのだと思ったが、仔猫はもう眼をあいて、歩き廻われる位になっていたし、その前、書庫に入った者もあって、その時はいなかったので、最近、ほかから連れて来たのだという事が分った。この夏の暑さは特別で、鉄格子が填《は》まっているのを幸い、風通しの為め、書庫の窓は夜昼《よるひる》あけ放しにしてあった。そこから銜込《くわえこ》んだのだ。

三疋の内、二疋は母猫と同じ、黄色味のない虎斑《とらふ》で、一疋は眉間と足の先だけ白い黒猫だった。書棚と書棚の間の通路に横倒しに寝ころんで、乳を呑ましていた母猫は私達が入って行った時、一寸不安を感じたらしく、二タ声、三声低い声で鳴いたが、逃げようとはしなかった。矢張り飼われている猫だ。書庫は困るので、内玄関に連れて来て、函の蓋に藁を入れ、寝るところを拵え、母猫には餌を作ってやった。

十六になる貴美子は、生きものを飼う事が好きで、最近まで飼っていたよく馴れた雀に逃げられ、今は庭から蜥蜴の卵を採《と》って来て、それを孵えそうとしていた時で、一疋だけでいいから猫を飼いたいと云い出した。私の家には鼠が多く、時々家ダニなどもわくので、私もその気になり、飼うなら、虎斑の何方《どっち》かがいいという事になり、他のはなるべく早く捨てた方がいいかも知れないなどと話合った。

藁の上は暑いか、母猫は仔猫を板の間へ連れ出し、其所で乳をやっていた。そして時々いなくなるのは飼われている家へ帰るらしかった。

二三日して、私は母猫が近所のMさんの門の前に蹲《うずくま》っているのを見かけ、帰って早速、貴美子に母猫に似た虎斑の一疋を抱かせてMさんへ訊きに行った。

「四五日前から見えなくなったんですよ。縁の下も探して見たんですが……」という娘さんの話だった。その話しぶりが居なくなったのを心配していたような口吻だったので、私は気早く、二疋の仔猫を捨てたりしないでよかったと思った。貴美子は貴美子で、三疋共返さねばならなくなったと思い、がっかりしていた。

帰途《かえり》、

「下さいと云えばいいよ。あとで、残ったのを連れて行った時、そう云えよ。然し、あの黒い奴は駄目だよ」

「虎斑の奴も一疋の方は眼の縁《ふち》を蚊にたべられて、きたなくなっているのよ」

「蚊ならすぐ直るよ」

二人はこんな話をしながら帰って来た。

あとの二疋を返しに行った時、貴美子は虎斑のを一疋貰いたいと頼んだ。其時ははっきりした返事はなかったが、二三日して、虎斑の一疋をMさんの方から連れて来てくれた。貴美子は大袈裟に胸を撫で、喜んだ。

ふんしの砂函を作ってやったら、直ぐ覚えた。夜は内玄関の板の間に置いてある杖差しの壷の傍《そば》に函の蓋を置き、壷ごと砂函も一緒に小さい蚊帳をかけてやったが、夜中に、それを出たがり、八釜しく鳴き立てたので、貴美子を起こし、蚊帳をはずさしたら、音なしくなった。

三日程した夜中、私は不図、母猫の声で眼を覚ました。内と外とで鳴き交わしている。

私は廊下越しに貴美子を起こし、

「母猫が来ている。連れて行くかも知れないよ」と云った。

「どうしましょう。入れてやりましょうか。お乳を呑んだら、親だけ出して了えばいいから」

「その癖をつけると、そのうち連れ出して了うよ」

「それじゃあ、仔猫を此所へ入れてやりましょうか」

「それでもいい」

「一緒に寝る癖がついてもいいこと?」貴美子と同じ蚊帳に寝ている家内の声がした。

「いい」

「貴美子ちゃんはいいかも知れないが、お母さんはお床の中に入って来られるの、かなわないわ」

貴美子は階下《した》に降りて行き、しばらくして、仔猫を抱いてあがって来た。

私の家では寝室を二階にし、夏はいつも雨戸の無雙窓《むそうまど》を開けて置くのだが、この夏はそれだけでは寝苦しく、何《ど》の部屋も雨戸を一枚か二枚開け放しにして寝た。

如何《どう》して登って来たか、貴美子達の寝ている枕元の窓の縁に前足をかけ、ぶら下がったまま、母猫は切りに仔猫を呼んでいた。

「此所へ来てるわ。入れてやっていい？」

「よす方がいい。可哀想だけど、よす方がいい」

「あっ、爪がはずれて落ちちゃった」

「ほっとく方がいいよ」

母猫はあきらめて帰って行った。

翌晩、又来たが、宵の口でもあり、入れてやると、玄関の板の間に寝ころんで満足そうに乳を呑ませていた。そして、夜更けになって、仔猫を置き、自分だけ帰って行った。

Mさんの話で、他へもやる約束があるとの事だったから、今は一疋もいなくなり、それで、母親は乳が張って来たりすると、子供恋しく、それで執拗に来るのだろうと思っていた。一寸可哀想な気になり、乳だけやって帰るならと、家へ入れてやる事にした。

その翌日も宵のうちから来ていて、いつもの板の間で乳をやっていたが、乳を呑厭きた、仔猫は母猫の身体に乗り、その耳を噛んだり、尾にじゃれたり、時々、身を退《ひ》き、競走のスタートの構えのような様子をして、いきなり、母親にとびついて行ったり、独りはしゃいでいた。母猫は如何にも幸福そうに半分眼を閉じ、横倒しに寝たまま、長い尻尾を、それだけが別の生物《いきもの》かのような動かし方をして、仔猫を喜ばせていた。人間の母親はこれ程、子供に寛大だろうか、もっと煩さがるかも知れないと思った。

蚊に眼の縁を刺されるので、小さな蚊帳を吊ってやったが、暑いのか、直ぐ出て了う。ある時、こうしていて、前晩のように母猫だけ帰るのだろうと思い、私達は皆寝て了ったが、翌朝、起きて見たら、何時の間にか仔猫を連れて行って了った。

「一杯喰わされたね」と私は笑った。欲も得もないような満足しきった母猫の様子に、安心して、私達は寝て了ったが、その後で、ちゃんと連れ出している。猫にその気があったか、どうかは別として、正に一杯喰わされた感じだった。

「然し、どうせMさんの所へ連れ帰っているよ」早速、家内をMさんの所へやったが、他の二疋はいたが、うちのは何所かへ隠し、Mさんの所へは帰っていなかった。

私は他の二疋もよそへやられ、その淋しさで、来るのだと思っていた。所が、そうではなく、掛け持ちで乳を呑ませていたのだ。動物は数の観念がはっきりせず、三疋が二疋になっても気づかずにいるというような話を聞いた事があるが、猫は案外、賢い動物だと思った。

「そのうち、連れて来ましょう。若し、帰らなかったら、もう一つのを差上げます」Mさんではそう云って呉れたそうだが、四五日でも飼ったとなると、自家《うち》の者は矢張り、前の猫に帰って来て貰いたいような気持になっていた。

それにしても、何所に隠したろう。乳を呑ましに行くから、母猫の跡をつけさえすれば分るわけだが、何時出かけるか分らず、そんな事も出来なかった。丁度、その日はひどい雨降りで、隠し場所によっては雨に濡れ、死んでしまいそうな心配もあった。私の所とMさんの家との間は畑で、一丁余りあるが、その間に仔猫を隠して置けるような場所はなかった。

その晩、九時頃、台所の前を母猫が通ったというのを聞き、私はてっきり、温室に隠したと思い込んだ。此六月迄飼っていて、最近、嫁入った娘につけてやった綿羊の飼葉《かいば》が、未だ沢山温室に入れてある。屹度、その中に隠した、そう思って私は貴美子とその兄に早速、それを見させにやった。

「乾草《ほしくさ》にうつると危いから裸火はいかんよ。気をつけてくれ」

二人は雨の中を提灯を下げて見に行ったが、仔猫はいなかった。

翌々日、朝六時頃、Mさんの未亡人と娘さんとで、

「到頭、昨晩連れて帰って来ました」と仔猫を抱いて来てくれた。

仔猫が無事に還って来た事で、私は上機嫌になった。私も、もう猫嫌いとは云えなくなった。

仔猫は私の家内が食卓で、いつも坐る毀《こわ》れかけのひじかけ椅子が好きで、その足に跳びつき、しばらく、かじりついたままでいて、それからそろ〳〵登り始める。低い椅子だけにその大袈裟な様子が滑稽に思われた。

その椅子は渋をひいた観世縒《かんぜより》で巻いて作ってあるが、それが断れて下っている。漸く登った仔猫は下った観世縒にじゃれて、暫く遊んでいるが、仕舞いに疲れ、椅子に敷いてある座蒲団に仰向けに寝ころんで眠って了う。

私は仔猫が還って二三日して、今、いる大仁《おおひと》温泉に来たが、あとから来た家内と貴美子に、

「猫はどうしている？　親猫は矢張り時々来るか」と訊いた。

「大概、日に二度位、来るわね」と貴美子は母親を顧みながら云う。「親猫の声がすると、寝ていても、クルッと起きかえって、耳を立てているわ」

「連れ出さないかね」

「みんな留守になった時、親について出かけたわ。其所に丁度、私が帰って来たら、喜んで、親の方へは行かずに、一緒に家へとび込んで来てよ」

「連れ出しても、結局、Mさんへ連れて行くからいいが、誰れもいなくなると、出歩くかも知れないね」

「鬼ごっこのような事をするのよ。隠れていて、不意に出て来て、驚かすような事をするの。面白いわ」

私は未だそれ程、仔猫に興味を持たないが、貴美子は勿論、近頃は家内まで仔猫を可愛がりだした。

「これで鼠がいなくなって呉れれば……」と私は云う。私の家は世田谷で、周囲に畑が多く、家鼠だけでなく野鼠も沢山いて、それが家へ入って来る。思いがけない——例えば、机の上の原稿紙などに小さな糞がのっている事がある。まことに厭な気持だ。猫を飼って、そういう事がなくなれば此上もない事だと思うようになった。最近、家ダニに甚く悩まされたので、その原因である鼠を退治してくれるなら、柱や唐紙に少し位、爪跡をつけられても、我慢するという気に今はなっている。

（「ら・ふぁむ」二十二年十月号）

動物小品

蝦蟇と山棟蛇

ある晩、西洋間の絨緞に坐り、家内を対手に「コイコイ」という花合わせの遊びをしていた。隣りに一段高く、六畳の日本間があり、其所で独りミシンをかけていた十七になる末の娘が出て来るなり、驚きの声をあげ、私の尻のところに大きな蝦蟇《がま》がいると云った。私は蝦蟇はいずれかといえば好きな動物ゆえ、驚きはしなかったが、戸外へ出す為、洋杖《ステツキ》で転がしてやると、蝦蟇は出来るだけ身体を丸くし、白い腹を堅くして、キュウ〳〵声を出した。それが「堪忍して呉れ」と詫びているようでおかしかった。庭から低い鉄平石《てつぺいせき》の露台になり、それから敷居だけの高さで直ぐ西洋間になっているから、蝦蟇は電燈に集まる虫を食うつもりで、入って来たらしい。

この蝦蟇は其後も時々見かけた。夕方になると、蕗の繁みから出て来た。四つ這いに二タ足、三足歩いて、止まり、凝然《じっ》としていて、今度は十歩位歩いて又止まる。近寄っても、恐れる気色もなく凝然としている。蜥蜴《とかげ》の神経質な臆病さもいいが、蝦蟇のこの鈍重さも私は好きだ。

　ある日、私は玄関の前から裏へ廻ろうとすると、大きな山棟蛇《やまかがし》が蝦蟇の一方の足を呑んで、凝然《じっ》と動かずにいるのを見た。嘗て見た事のない程の大きな山棟蛇だった。近寄ると、蝦蟇を銜えた儘、二三寸後退《あとじさり》をしたが、逃げようとはしなかった。家内と娘を呼んだ。二人共蛇の大きいのに驚いていた。家内に鍬を、娘には猫を抱いて来させ、蛇の側に下ろさして見た。猫は驚いて、直ぐ高い庭石に跳び上ると、背を丸くし、蛇を見詰めて、もう下りて来ようとはしなかった。私は頭に近く鍬を打ち下ろした。蛇は苦しげに口を開き、蝦蟇をはなしたが、蝦蟇は逃げようともせず、血に染まった片足を後《うしろ》に延ばし、動かずにいた。四五寸の長さに断られた蛇の首は、大きく口を開き、その太い切り口から血をたらしながら、それだけで、右に左に転がった。それが触れると、蝦蟇は身体を斜めに、その側《かわ》を少し下げた。気持が悪いらしい。蝦蟇は延ばしていた足を縮め、暫くして、私の立って居る足へ向かって歩き出した。私は素足に登られてはかなわぬので、蝦蟇が二三寸の近さに来たところで退《ど》いて了った。然し、後から惜しい事をしたと思った。我慢して動かずにいれば蝦蟇は私の足の甲に登って来たかも知れない、私に助けられた事で、頼るような気持になったのではないかと云う風にも思われた。然し、実際は蝦蟇は気が顛倒し、見さかいなしに人間の足に登って来ようとしたのかも知れないとも思った。娘がバケツに水を汲んで来て、血だらけになった片足にかけてやった。間もなく、蝦蟇は軒下に積んである炭俵の裏に身を隠して了った。

翌日《あくるひ》、私は死んだ山楝蛇の胴体と首とを地面の上で繋ぎ、計って見た。曲尺《かねじゃく》で四尺五寸あった。青大将ではもっと大きなのを沢山見ているが、山楝蛇としては珍しい大きさで、初めて見た。

それから暫く、蝦蟇は出て来なかった。十日か半月して、ある夕方、私は玄関の方から庭の方へ、例の時々止まる歩き方で出て来るのを見た。蝦蟇はもうすっかり元気になって、前には黄色味の勝った背中が黒々とし、如何にも逞ましい感じになっていた。その後、台所の三尺の三和土の上り口に来て、七厘の陰などにうずくまっているのを見かけたそうだが、秋も深くなった頃から姿を見せなくなった。

子雀

五つになる孫の翠《みどり》が雀の子を捕えて来た。尾は短かったが、毛は生え揃っていて、もう人間の手からは餌を食わなかった。その頃、生れて一年程になる猫を飼っていたので、猫の登れぬ細い枝に籠を下げ、親に餌をつけさせる事にした。そして夜だけ家《うち》に入れた。娘の貴美子はそういうものを好きだし、孫も来ていたので、小さい連中の玩具のつもりで飼った。籠から出して、手に乗せると、その短い尾を動かし、鳴いているが、何かに驚くと、不意に飛び立って硝子戸にぶつかり、直ぐ落ちて了う。親は二羽で、交る〴〵、絶えず餌を運んだ。その為めか、人間の手で飼うよりは発育がよかった。

ある日、私は雀のけたたましい鳴声で、庭へ出て見た。親雀が二羽で籠に取りつき、羽搏きをしながら、籠の中に向って夢中で、鳴き騒いでいた。止木に子雀はいなかった。親雀達は私が二間程の近さに行くまで、そうしていたが、気がつくと驚いて鳴きながら、逃げていった。子雀は籠の底で地《じ》もぐりという小さい蛇に幾重《いくえ》にも巻かれて倒れていた。私は枝から籠をはずし、地面に置くと、蛇は素早く籠を脱けて逃げた。近くにあった鍬で私は蛇を二つに断って了った。子雀は自身にそういう恐しい事の起った事も知らぬ気に、もう止木に帰り、常とは変わらぬ様子で親達を呼んでいた。

私は出て来た娘に、「もう親に返してやろうよ」というと、娘も賛成した。私は又、前の枝に籠を下げ、子雀を出して、籠の上に乗せて置いた。暫くして出て見ると、子雀はいず、空《から》の籠だけ其所に下がっていた。

翌日、机を作る事を頼んである若者が、その用で来た時、胸の所で両の掌《てのひら》を円く合わせ、何か持っていた。それが昨日の子雀だった。羽根に力がなく、巣まで帰れず、その辺に居たのを自家の娘に呉れるつもりで捕えて来たらしい。私は一度片づけた籠を出して来て、入れて貰った。

今度は蛇が来ても直ぐ分るように籠を普段いる部屋の軒に下げた。然し親鳥は人を恐れて、近づかなかった。両方で鳴き交わすばかりだった。親の姿を見ると、子雀は籠の竹桟にとり着き、切りに騒いだ。親鳥の方も松の枝で気をもんでいるが、どうしても籠までは来られなかった。

私は考えて、親雀が其所までは近寄れる松の枝に工夫して、猫が行けぬよう、梅の枯枝で逆茂木《さかもぎ》を作り、その先に籠を下げた。それからは親雀もよく餌を運ぶようになった。

幾日かして吹き降りの日があった。私はボール紙とハトロン紙で籠に屋根を拵えてやった。それでも子雀は濡れてしょんぼりしていた。夕方、取り込んでからも寒むそうな様子をしているので、小さいボール函に綿で巣を作り、藁を格子に断《き》って、呼吸に困らぬようにした。夜は二階の寝室に置き、猫のかからぬようにして寝たが、朝、戸外《そと》が少し明るくなると直ぐ鳴き出し、その声で眼を覚まされた。小さい割りに妙な強さのある声だった。降り続き、翌晩もボール函に入れた。三晩目には私はその鳴き声が厭になり、函を下の部屋の鴨居に下げて寝た。猫も其所までは跳び上がれないと思ったので。

翌朝、私は下の部屋で、妙な音がしているのを聴いた。低い声で、ドサリ〳〵というのが聴こえて来た。私は起きて見に行った。猫が子雀の死骸を手玉にとって跳んでいた。ボール函の格子の幅が広過ぎて、子雀はその間から自分で脱け出し、遂に猫に殺されて了ったのだ。

（「別冊風雪」二十四年三月号）

山鳩

山鳩は姿も好きだが、あの間のぬけた太い啼声も好きだ。世田谷新町の家《うち》でも聴いたし、時々行った大仁《おおひと》温泉でもよく聴いた。いつも二羽で飛んでいる。今いる熱海大洞台《おおほらだい》の山荘では住いが高い所にあるので、丁度眼の高さの空間を二羽で飛び過ぎるのをよく見かけ、眼に馴染になっていた。

この春、猟期の最後の日、吉浜の鍛冶屋という所に住んでいる福田蘭童君が猟銃を肩に、今、撃って来たと、小綬鶏《こじゅけい》、山鳩、鵯《ひよ》などを下げ、訪ねて呉れた。こういう鳥は戦後初めてなので、このお土産は喜んだ。

「もう少し、撃って来ましょう」というので、私は、

「それより、熱海へ鴨狩りに行こうよ」と云った。

福田君は鳥撃ち、魚釣り、鮑取り、何んでも名人だが、麻雀も中々の名手で、私達はよく負かされる。鴨狩というのは熱海の広津和郎君を訪ねようと云う意味だった。福田

君は嬉しそうな顔をして、直ぐ賛成したが、「今度のバスは何時《なんじ》です？」という。時間を云うと、

「三十分あるから、仕たくをされる間、一寸撃って来ます」こう云って、靴を地下足袋に更え、裏の山に登って行った。

福田君は二十分程で還って来た。私は銃声を聴かなかったし、恐らく何もとれなかったろうと思っていると、山鳩と鴨と頬白の未だ体温の残っているのを手渡した。二十分間の獲物だった。

私は仕たくが出来ていたので、福田君が地下足袋を靴に穿きかえるのを待って、一緒に山を下《くだ》り、バスで熱海へ出かけた。

翌日、私は山鳩が一羽だけで飛んでいるのを見た。山鳩の飛び方は妙に気忙《きぜわ》しい感じがする。一羽が先に飛び、四五間あとから、他の一羽が遅れじと一生懸命に随いて行く。毎日、それを見ていたのだが、今はそれが一羽になり、一羽で日に何度となく、私の眼の前を往ったり来たりした。私はその時、一緒に食った小綬鶏、鴨等に就いては何とも思わなかったし、福田君が他所《よそ》で撃った山鳩に対しても、そういう気持は起らなかったが、幾月かの間、見て、馴染になった夫婦の山鳩が、一羽で飛んでいるのを見ると、余

りいい気持がしなかった。撃ったのは自分ではないが、食ったのは自分だという事も気が咎めた。

幾月かして、私は山鳩が二羽で飛んでいるのを見た。山鳩も遂にいい対手を見つけ、再婚したのだと思い、これはいい事だったと喜んだ。ところが、そうではなく、二羽のが他所から来て、住みつき、前からの一羽は相変らず一羽で飛んでいた。この状態は今も続いている。

最近、又猟期に入った。近所の知合いで、S氏という人は血統書きのついた高価なイングリッシュ・セッターを二頭も飼っていて、猟服姿でよく此辺を徘徊している。然し、此人の場合は猟犬は警戒していなければ危いが、鳥は安心していてもいい腕前だそうだ。可恐《こわい》のは地下足袋の福田蘭童で、四五日前に来た時、

「今年は此辺はやめて貰おうかな」というと、

「そんなに気になるなら、残った方も片づけて上げましょうか?」と笑いながら云う。

彼は鳥にとっては、そういう恐しい男である。

(「心」二十五年一月号)

目白と鵯と蝙蝠

「小父さん！」

そういったと思ったが、本統は「お爺さん」といったのかも知れない。

「小父さん！　目白を捕らしてくれよ」

「捕れた奴を一疋くれるか。呉れるなら捕らしてやる」

「うん、やる。一番先に捕れたのをやるよ」

私の今いる山荘には門も垣根もなく、庭は低い石垣で、路から一段高く、入口からは幅の広いゆるやかな段で、直ぐ庭へ出るようになっている。丁度、私が庭へ出ている時だった、下の路に、十二三の子供が三人、囮《おとり》にする目白の籠を下げ、立っていて、そういったのだ。

私が承知すると、皆、喜んで、庭へ入って来た。緑萼《りょくがく》という早咲きの梅が満開の時で、その枝の繁みの中に囮籠を下げ、黐をつけた細い竹を二三本差し、一間余り離して、カスミ網を張ると、三人は路へ下りて、姿を隠して了った。邪魔にならぬよう、私も部屋へ入った。

暫くすると、子供達のワアーッという声がした。私のいる部屋の前を目白らしい小鳥が五六羽、地面に投げたゴムマリのように空中ではずみながら逃げて行った。

私は出て行った。

「一つもかからなかったのか」というと、子供達は羞しそうに、

「駄目だ」と答え、カスミ網を巻き始めた。

「今度捕れた時でいいから、持って来てくれよ」

「うむ、持って来てやる」

一度縮尻《しくじ》った場所はもう駄目なのか子供達は囮の籠を下げて帰って行った。

それから一週間程経っても子供達はなかなか目白を持って来てくれなかった。その間、私は熱海から鳥籠を二つ買って来て待ったが、待ち切れなくなって、自家《うち》へ洋裁を教えに来る稲村のSさんという娘さんの弟が捕ったという事を聴き、それを一羽貰う事にした。然し未だよく餌についていないから一週間程して持って来るという事だった。

ある日、――その時も庭に出ている時だったが、此間の子供が三人で入って来た。中

で、一番小さい児が目白の細い両足を指先で持って下げ、「目白を持って来てやったよ」という。目白は逆様にされたまま、羽根を閉じて音なくしている。

「生きてるのか」余り音なしいので訊いてみた。

「生きているとも、今、捕ったばかりだ」

私は娘に新しい鳥籠を出さし、それに入れて貰った。足をはなされた目白は急に活発に籠の中でバタ〳〵したが、間もなく、二つの泊木を行ったり来たりしていた。

子供達は暫く立って見ていたが、帰りかけたので、私は部屋から百円札を一枚持って来て渡そうとすると、その小さい児は、

「いいよ〳〵」と遠慮した。そうは云ったが、矢張り受取った。私が最初、「呉れ」といったので一応は辞退したのだ。

餌には直ぐついた。人を余り恐れず、若し、子供の云った事が本統なら、一度飼われて、逃げた目白かも知れないと話し合った。四五日してSさんからの目白も届いたが、餌にはついているが、そばに寄ると、恐れて、バタ〳〵した。

数日経ったある日、——それは、近所のI夫人、門川《もんがわ》のY夫人、それと私の家内と娘

とが、Sさんに洋裁を習う日だった。I夫人の話で、息子さんが畑のキャベツの芽を食う鵯《ひよ》を何羽か罠で捕り、昨晩も焼鳥にして食ったが、未だ二羽程蜜柑箱に入れて湯殿に置いてあるというので、私は早速それを一羽貰う事にした。

娘が籠を持ってIさんの家から貰って来た。然し、籠が小さい上に鳥も荒々しく、目白のように奇麗事には行かなかった。前に東京で鵲《かささぎ》を飼っていた事があり、その大きな籠を取寄せる事にした。

二三日して、丁度武者小路が泊りがけで来ている時だったが、Iさんの息子さんが別の鵯を一羽持って来て、

「一羽だと淋しがるから」とそれを籠に入れてくれた。小さい籠で、二羽になると両方で驚き、騒ぎになった。

「風呂敷をかけて置きましょうか」娘がそういう。然し間もなく、急に静かになったと思うと、後から入れた方が死んだ真似をして、籠の底に横倒しに寝て了った。前の鵯も泊木を更えてやろうとした時、同じ事をした。鵯はなか〳〵上手に死真似をするが、眼は開いたままで、此方を見ているから、私は騙されなかったが、娘は前の鵯にも騙されたし、今度も不安を感じ、籠を覗きながら、

「真似かも知れないけど、とにかく、大分弱っているようよ」という。

「死んだら、死んだでいいよ。焼鳥にして食ってやるよ」

私がそういうと同時に、偶然だが、鶫はひょこりと起きて泊木にとまった。

「驚いてとび起きたネ」と武者が云った。

幾日かしてＩ夫人から、鶫の舌の先を切ると、色々の鳥の啼真似をするという話を聞いた。あとで、私は家内に、

「懸巣《かけす》は真似をするというから、鶫もやるかも知れないネ」というと、家内は、

「切って御らんになる？」と云った。

「俺はいやだよ。舌を切るのは婆アの役だよ」——思わず、こういって、私は自分でも笑った。

鶫も目白も餌はふかし芋だった。鶫は南天や山帰来《さんきらい》の実も喜んで食った。目白は蜜柑の汁を喜び、最初に貰った方は人の手から直接、平気で吸った。間もなく東京から大きい鳥籠が届き、うつぎの枝で泊木を作り、それに鶫を入れた。昼間、部屋の硝子戸の外に出して置くと、外の鶫が来て、籠の中の芋を食おうとする。籠の中の鶫は、仲よく一つ芋を食っているのだが、外の鶫がそれを食おうとすると、怒って、泊木からとび下り、

それを追いはらった。外の鵯は仕方なく、目白の籠に来て、竹桟の間から口箸を入れて目白の餌を食い、啼きながら逃げて行った。

それは、私のいない時の出来事だったが、目白に百舌鳥《もず》がかかって、一羽を怪我さした。娘が出て行っても目白をはなさず、娘は百舌鳥を手摑みにしたが、食いつかれそうになって到頭逃がして了ったそうだ。

「鵯がお芋を食べに来ても、平気で泊木にいるのに、百舌鳥が来ると大騒ぎをして、却って捕《つかま》って了ったのよ」と娘が云っていた。

目白は今でも百舌鳥の声がすると、緊張し、全身の毛の根をしめ、身体を細くする。色々な鳥が来るようになった。餌がその辺にこぼれている為めもあるが、頬白、蒿雀《あおじ》、雀などが集って来る。雀はいつも七八羽一緒になって来るが、一番臆病で、人の姿を見ると、直ぐ逃げる。暢気なのは頬白で、一間位そばまで近寄っても逃げようとしない。

最近、私は部屋の前の日よけの柱に小さい板を打ちつけ、針金を輪にしたのに芋をさし、その柱に巻きつけて、野鳥に薩摩芋の施行《せぎょう》をしている。毎日鵯は何度となくそれを食いに来る。最初一羽だったのが、二三日前から二羽になった。

目白の一羽がよく馴れ、夜、部屋に放してやると、暫く飛び廻わり、遊んでいるが、自分で又籠に還るようになった。

去年の夏、書斎に蝙蝠が入っていたので、鳥籠で飼って見たが、餌が分らず、放して置けば自分で何か食うだろうと、そのまま寝たら、何所にも隙間のない筈の部屋であったが、翌朝見たら、逃げて、姿はなかった。矢張り鳥とは異う所があると思った。然し、蝙蝠の飛ぶのを部屋の中で見ているのはなか〳〵興味があった。鳥よりも蝶に近く、人の顔とすれすれに羽音を立てずヒラヒラ飛んだり、床から四五寸のところを、その高さで彼方此方と飛び廻わったりするのが鳥とは非常に趣きが異っていた。小さな顔で、可愛いようでもあるが、よく見ると、——実は余りよくは見なかったので、間違っているかも知れないが、——顔から、翼と同じような小さい膜が生えているのが、グロテスクな感じで、私は好きになれなかった。それに逆様に下がっている時、痙攣的に絶えず、顔を細かく震わしながら、動かしているのが気味悪かった。眠っている時には両翼で顔を被うている。

去年の春、私は門川で、バスを待っていて、鶫の群れの移動するのを見た。五六十羽——或いは百羽位いたかも知れない——群れをなして、飛んで行く。それを見て、彼方《あっち》からも、又此方《こっち》からも、啼きながら鶫が集まって来て、その移動に参加し、賑やかに西の方に飛んで行った。もう間もなく、その季節になるだろうが、今、飼っている鶫をその時、どうしたものかと考えている。その時、放してやったのでは翼《はね》に力がなく、一緒に遠くまでは行けないだろうし、今のところでは矢張り、このまま飼っていて、どの程度まで馴れるか、若し余り馴れそうもなかったら、そのとき、季節かまわずに逃がしてやろうと思っている。

(「中央公論」二十五年四月号)

雀の話

年をとっては、もう手のかかる生きものは飼えない。私は今、十歳の老犬一疋と、錦魚十四五疋と、それに、これは飼っているとは云えないが、野生の雀に毎日餌をやっている。然し雀はなかなか馴れない。私が食堂で腰かけている所から四五尺の距離に餌皿を置くが、十羽、二十羽、時に三十羽以上も集まって来る。私が静かにしていれば彼等は啼きながら、餌を食い、中には喧嘩を始める奴などあり、騒騒しい位に賑かだが、私が立つとか、少し大きく身体を動かすと、彼等は急に黙って、バッと大きな羽音をたてて飛立って了う。そう遠くまでは逃げない。直ぐ前の土塀の屋根、植込みの中などで、しばらく様子を見て、最初、一羽用心深く左顧右眄して餌皿に近づく、それについて二三羽、或いは五羽という風に集まって来て、又元のように八釜しく啼きたてながら餌を食い始める。

雀は仔飼いはよく馴れるが、少し育った奴はもう決して馴れない。西洋の公園でよく馴れた雀にパン屑をやる話などを聞くが、日本人は米を食う国民で、大昔から雀とは米を挟んで敵同士の関係が出来て了った。農耕を業としない人間は割りに雀を愛する風があり、画や俳句にも、雀は好意を持って描かれているが、雀の方は人間の職業までは見別けられないから、「人を見たら泥棒と思え」式にとにかく、用心する。それでも、この家へ越して殆ど四年、毎日餌をやり、一度も驚かした事がないから、私と客とは識別しているようだ。二階の寝室の前に枯れた朴の木があり、朝、その枝に二三羽来て、頻りに啼いている事がある。そういう時、起きて見ると大概餌がなくなっているから、私に早く起きて、餌を作ってくれと催促するのではないかと思う。

昔の郷土玩具に福良雀というのがある。広辞苑でひいて見ると「肥えふくれた雀の子、また、寒気のため全身の羽毛をふくらませて、ふくらかに見える雀」と出ている。親雀に甘えて餌を貰う時の仔雀の形である。然し、あの形は仔雀だけではなく、雌雀が雄雀を促して、交尾しようとする時、丁度あの形をする。仔雀のも甘える表情だが、雌雀のは雄に対する媚態である。雄雀のわきに身をすり寄せ、両羽根をひろげ、尾をあげ、背を反らして、しゃがむ。然し、雌雀の場合、それだけではなく、直ぐ続けて、巣籠りの用意をする。庭の石菖や竜の髯を食いちぎって何所かへ運ぶ。そして、幾日ぐらい経ってか覚えないが、仔雀を連れて餌を食いに来る。仔雀は羽根を震わし、口を開けて、親鳥について廻わる。交尾、営巣、そして育児、それらが一聯に繋がっている。動物の生活ではみんなそうだが、私はそれを身近に見て、何か快い興味を覚えた。

私は近頃、これ以上に雀を馴らしたいとは思わなくなった。雀は何百年、或は千年以上かかって、人間に対する用心深い習性を作って来たわけであるが、偶然私の気まぐれで、それを多少でも変え、私が死んで、誰れがこの家に住むか分らないが、習性を変えられた為めに雀が思わぬ災難を蒙らないとはかぎらないのだ。四五尺の近さまで来て餌を食うようになっただけでも、雀の方から云えば随分親しみを持ってくれたのだ。その位で私は満足しよう。

四年前、熱海から越して来た時、この辺の雀が痩せ、汚れ、如何にも見すぼらしい姿をしているのを私は哀れに思った。猜疑心が強く、私達が食堂にいる時は近くに蒔いた餌を食おうとしないので、土塀の上に蒔いて置いてやった。それが段段に変って行ったのである。水浴する皿も出してあるので、今は丸丸と肥って、汚れた雀は一羽もいなくなった。

(「産経新聞」三十四年一月一日)

4

草津温泉

六里ケ原

学習院の高等科一年から二年へ移る時だから、明治三十七年、数え年で二十二歳の時だ。私はHという友達と上州の草津温泉で一ト夏過ごす事にしたが、Hは何かの都合で、一ト足遅れ、私だけで先に出かけて来た。

軽井沢の駅前の旅人宿に一泊し、翌朝、和鞍の馬に乗って沓掛から浅間の中腹の峠を越し、六里ケ原という水楢の林を抜け、応桑に出て、草津に行った。七里位の道程《みちのり》だった。

六里ケ原はなかなかいいところで、水楢は、楢といっても、平野にある楢とは全く別種のもので、常緑樹ではないが、寧ろ樫に近く、洋家具の用材にするオークというのはこの水楢であるという事を後年、赤城へ行って初めて知った。非常に堅い木だ。赤城で、私の住む山小屋を造る時に、猪谷旅館の六合《くに》さんがそれに五寸釘を打つのだが、釘の方が曲って、どうしても貫らなかった。そういう強い木だから、太い下枝を三間も四間も水平に伸ばし、その為め姿はなか〳〵立派である。私が見たかぎりでは六里ケ原には殆ど他の木はなく、何里四方か知らないが、この水楢だけが生えていた。七月初めの浅い緑の葉を透した日光で、その辺一帯、緑色になって、まことに爽やかな、又ハイカラな感じの景色だった。私はこんな所に住む事が出来たら、さぞいいだろうと其時思ったが、牧夫の小屋が一里に一つあるかなしかで、此処が後年、北軽井沢の別荘地になるとは、当時では想いも及ばぬような所だった。

馬の口縄をとって先に歩いている馬子は私と同年輩の青年だったが、私がしきりに景色を讃めると、こんな所に住んでいる者には一生何の面白い事もない、自分は東京に出て住む事が出来たら、どんなにいいかと思っていると言った。

私は成程、それはそうだろうとも思ったが、然し、東京へ出ても半年したら、きっと、又帰りたくなるだろう、といったが、若い馬子はそれには同意しなかった。私自身にしても、今はこういう所に住みたいと思っているが、実際住んだら半年経たぬうちに東京へ帰りたくなるかも知れないとも言った。

牧草と言えばクローバーしか知らなかったが、他に何種かある事を馬子は指《さ》して教えてくれた。

応桑では駄菓子なども売る旅人宿の薄暗い土間で暫く休んだ。年のよく分らぬ奇形の女の低能児が赤児をだらしなくおぶい、真黒なおかめ顔でニヤ〳〵笑いながら私達の傍に来て、黙って立った。馬子は床几の上に一銭銅貨を置き、「取ったらやろう」と言うと、女の子は嬉しそうに笑い、それを取ろうとするが、所謂骨なしというのか、指先に全く力が入らず、平らに置いた銅貨をつまみ上げる事が出来なかった。私は残酷な事をすると思ったが、馬子は私の為めに、それを余興にやらしているのだ。

絶えずニヤ〳〵笑っていた娘が今は真剣な表情をし、斜めに首を傾け、締りのない下脣から長い涎をたらして一生懸命それを取ろうとする様子を見ていると、何んだか厭な気持になった。絶えずニヤ〳〵していた顔が急に真面目になると、目尻まで吊上って何か凄みがあった。結局馬子はどうしても取れない一銭銅貨を、その奇形な掌に乗せてやった。

義太夫

私もHもその頃、娘義太夫に凝っていた時で、草津に来て、それの聴けない事が物足りなかった。そのくせ、此温泉場は義太夫の盛んな所で、殆ど毎晩のように何所かで義太夫の会があり、その座敷の軒に酸漿提燈《ほおずきちょうちん》を下げるので、それを目あてに他の宿の客も集って来て、勝手に上り込んで聴くのである。

ある晩、私達の部屋でも年寄った義太夫の師匠を呼んで、その催しをした。座敷に高座を作り、前座には四五日前に弟子入りしたという若い男が師匠の絃《いと》で何かを語ったが、これは私には初めて聴くひどい浄瑠璃だった。その他、二三人やって、最後に師匠が弾語りで弁慶上使をやったが、これが又驚くべき下手なもので、若い頃、大阪で、越路太《こしじだ》夫《ふ》(後の摂津大掾《せっつだいじょう》)と相弟子だったと言っていたが、今想えば明らかに出鱈目だが、その時は本当にそうかと思い、何故、それがこんなひどい浄瑠璃になったろうと考え、恐らく、田舎廻りで、何年も〳〵下手ばかりを対手にしていた為めに、自然に自身の芸が崩れて、このように脱線して了ったのだろうと思った。二十人近い客が集まったが、この義太夫会は失敗だった。

私達のような長滞留の客は半自炊で、部屋の押入れに米櫃があり、それに米を買置き、部屋の係りの女中が飯毎、枡で計って、炊いて来てくれるのだ。女中は私達よりも五つ六つ年上で、お宮という名だった。私はこの女に老ぼれ師匠の浄瑠璃に甚だ不満であった事を話し、もっと上手なのはいないかと相談すると、芸者で一人上手なのが居ると言った。早速、それを呼んで貰う事にした。私達はそれまで一度も芸者を呼んだ経験はなかったが、何故か此時、至極あっさり、何のこだわりもなく呼んだ。

今度は二人だけで聴く事にしたが、私達はその為め、酒肴を用意するでもなく、茶と菓子位を出して、何であったか忘れたが、自分達のよく知っているものを二段語って貰った。

田舎芸者にしては品のいい女で、年は私達よりも少し上らしかった。串戯口《じようだんぐち》などもきかず、真面目に語ってくれた。私達は満足し、二段語り終ったところで直ぐ返したが、芸者は暫く太棹《ふと》を弾かなかった為めに柔かくなった爪が割れたと言い、痛そうに指先を眺めていた。普通の三味線は絃を指の腹で押え、義太夫の三味線は爪で押えるのだという事を初めて知った。

帰途

半月余りいるうちに股や腋の下が少し爛れて来た。土地の人は、そうして身体中の毒を出すのだから、それを抑えるのは悪いというが、私はそれを信ぜず、町の医者へ行って相談して見た。医者は土地の者はそういうが、それは客に長滞留をさせる為めで、爛れさせなければ、その方がいいのだから、入浴後、爛れそうなところを白湯《さゆ》でよく洗い、あとワセリンを擦込んで置くと、そうならずに済むと教えてくれた。そして私はそのようにしていたが、それでも仕舞いに少し爛れて来た。三四週間いるつもりだったが、そんな事で急に帰りたくなり、昼間は暑いから、夜歩いて行く事にし、馬を一頭頼んだ。その日午後から雨になり、翌日も晴れるとはかぎらないので、雨の中を夕方から出かける事にした。矢張り和鞍で、私とHの鞄を振分けにつけると、一人なら乗れるというので、足の少し悪いHを乗せ、私は歩いて雨をおかし、来た時の路を逆に軽井沢の方へ歩き出した。

馬子は三十位の、最初は黙っているので、無口な男かと思っていたが、暫くすると、なか〳〵よく話すようになった。

「此雨の中を夜通しで出かけるなんて、余っ程酔狂なお客さんだと思ったよ」などと言った。

送り狼につけられた話とか、馬を曳いたまま神隠しにあった若者が幾日かして、村の連中が道普請をしているところに森の中からボンヤリと矢張り馬を曳いて出て来て、その幾日間の事を訊いても、何の記憶もなかったというような話をした。

私も大分疲れて来た。Ｈがかわろうと言うのを待っていたが、Ｈは知らん顔をしている。私は自分から言い出すのは厭で、我慢しているのをいい事にして黙っている事が段々腹が立って来た。Ｈは足が悪いと言っても柔道で膝を一寸くじいた程度で、二三里の路を歩けないという事はないのだ。夜が明け始めた。それまでは馬子の提燈一つを手頼りに歩いて来たが、夜が明ければ一人でも行けるので、私は歩度を早め、仕舞いには馳けて軽井沢まで来て了った。駅前の宿で待っていると、一時間程してＨの馬は漸く着いた。

二度目の草津

前の時から、十八年経って、大正十一年の夏、今度は私一人で草津に出かけた事がある。千葉県の手賀沼の岸に住んでいる時だったが、その冬は珍らしい寒さで、地下一尺まで完全に凍って了った。丁度、植木屋を入れていたので、偶然、それを知ったのだが、土がまるで石のようになって、普通の鍬では全然刃がたたず、鶴嘴《つるはし》で漸く掘り崩していた。

こういう寒さは人体にもこたえるらしく、私はそれまで経験した事のない坐骨神経痛を煩い、非常な苦しみをした。八十日間寝たきりで、起きた時には我れながら変な気がする位に足が細くなっていた。草津行はその後養生《あとようじょう》の為めだった。学生時代に行った同じ宿に手紙を出して置いて行ったから、希望通り隣りのない三階の屋根裏のような部屋がとってあった。昔、軽井沢から、まる一日がけで行った時とは、途中は非常に便利になり、六里ケ原には別荘が沢山出来たりして、実に隔世の感があったが、草津の町そのものは余り変っていなかった。湯畑に時間湯、そして私達が前にいた古い二階の部屋も其儘にあった。

私は「暗夜行路」の前篇を新潮社から出したばかりの時ではあり、既に十年以上、雑誌などに何か発表しているので、私の名は宿の者も知っているだろうと自惚れていたが、番頭が宿帳を持って来た時、面倒なので、口述で書かせていると、最後に、「で、お職業は……？」と訊かれた。私は不意を食って、直ぐ返事が出来ずにいると、番頭は助舟を出すという調子で、「矢張り農で……？」と云った。

千葉県東葛飾郡我孫子町字新田《ひがしかつしかあびこあざしんでん》というので、実際、私の両隣りは農家だった。私の名を知らなければ風態から言っても、そう思うのは尤もで、私はその後に書いた「矢島柳堂」という小説の中で、「矢張り農で……？」といわれた時、柳堂に「ああそうです」と答えさせ、自分もその時そう答えたような気がしていたが、今考えると、矢張り正直に著述業と答えたのだろうと思う。

湯治が目的だと、どうしても十日、十五日我慢していなければならぬが、本を見、多少の書きものなどをして見ても、話対手がないという事で、私は段々無聊に苦しむようになった。ある日、私はどうせ居ないだろうと思いながら、十八年前、私の部屋の係りだったお宮の事を訊いて見ると、今も女中頭をしているという。早速、呼んで貰って会ったが、お宮もかすかに覚えている程度らしかった。私も「金色夜叉」のお宮で偶々名を覚えていたので、さて会って見て、別に話があるわけでもなかった。そういえば前には半自炊で米櫃に米を買置くやり方だったが、今度は普通の宿屋と変りないやり方になっていた。私は出窓に腰掛け、湯畑の前の広場を往き来する人々を眺め、何人かの眼馴染を作った。

ある日、私は小さな流れに添って、木に被われた谷あいのような所を上って行くと、三四間前《さき》を同じ方向に竹添履信《たけぞえりしん》君の歩いている姿を見た。尤も此前、両国の美術倶楽部で会った時には髪をお河童にし、腰きりの羽織に、黒無地の袴を長目に穿いた変った風俗をしていたが、今は頭は丸刈にし、普通の身なりなので、或いは人違いかと一寸躊躇したが、声をかけて、振りかえったところを見ると、矢張り竹添君だった。

竹添君はその頃、未だ二十二三、この前、私が此処へ来た時の年頃であった。従兄の九里四郎《くりしろう》に連れられ、小田原で初めて芸者遊びをし、一度で悪い病気にかかり、その養生に来ているのだと、まるで他《ひと》ごとのように、さも可笑《おか》しそうにその話をした。九里四郎も私の古い友達である。それから私達は毎日のように会った。

博徒の親分

竹添君は祖父竹添井々《たけぞえせいせい》翁の関係で、その頃健在であった富岡鉄斎の家に親しく出入りし、又、父嘉納治五郎《かのうじごろう》の紹介で、内藤湖南、狩野直喜《なおき》、長尾雨山《うざん》等とも知っていて、京都へ行くとよく訪ね、色々話を聴き、南宗画《なんしゅうが》については若いに似ず、精しい事を知っていた。

上海版のそういう図録を沢山持って来ていて、私はよくそれを借りて来た。感心した絵は覚える目的で、原稿紙にペンで模写したりした。二十年後、漸く手に入れ、戦後、安倍能成の館長時代に上野の博物館に寄贈した倪雲林《げいうんりん》の断橋図《だんきょうず》なども、その時そうして知った絵の一つであった。

竹添君は油絵の道具を持って来ていなかったから、其頃は未だ洋画家ではなかったように思う。そして、道風の秋萩帖《あきはぎちょう》の光筆版を手本に、似ても似つかぬ字で手習をしていた。

竹添君の宿は私のいる宿よりも小さな家だったが、座敷は遥かに立派で、床の間、ちがい棚などのついた部屋だった。私の部屋は三階の床の間のない部屋だったが、居心地はその方が却ってよかった。然し、其所から来ると、竹添君の座敷が大変立派に見えたのである。竹添君は其ちがい棚に歌麿の三冊本の春画をむき出しで重ねて置き、自分の留守に宿の女中達が見たいと思う時には何時でも見られるようにして置いた。

ある日、訪ねると、竹添君は羽田のばくちうちの親分が向うの部屋に来ているが、会って見ないかと言った。

「若い妾を連れて来たんですが、昨晩本妻から電報で、あす行くといって来たので、今朝あわてて還したところなんですよ。一人でぼんやりしているから訪ねてやると喜びますよ」という。博徒の親分というのは初めてで、一寸興味があった。早速行く事にし、女中にそう言わせてから行って見た。

「おいでなさい」竹添君とは何遍か会っているらしく、私達が入って行っても、胡坐のまま居ずまいも直さず、はだけた浴衣の襟から毛の生えた太鼓腹を覗かせていた。四十五六の草角力の大関というような男だった。言葉には東京近在の訛りがあって、芝居や講談に出て来る親分とは大分異っていた。大きな鉄葉《ブリキ》の鑵を側に引きつけて置いて、それから、馬鹿貝の干したのを摑み出しては奥歯で食いちぎり〳〵幾らでも食った。その野蛮な感じが私には一寸珍らしかった。

「花なんか、どうなのかな」と訊くと、

「俺達のやるのはタオシだからね、八八は空《から》っぺただよ。早稲田あたりの書生に八八のうめえ奴がいるんだってね」といった。

生計にはチーハーというものを発行しているのだという話だった。チーハーは支那から来たもので、私の子供の頃から名前は聞いていたが、どうしてやるのか知らないので、訊いてみたが、その男の説明でもよく分らなかった。

何か文句を考え、それを印刷して出すのだが、判じもののようなところがあって、普通の富籤とも別なものである。

私は聴きかじりのモナコの話をしてやった。仕事に失敗した男が残った有金で乾坤一擲《けんこんいってき》の勝負をやり、それで負けると、その場でピストルで頭を射ちぬき、自殺をするのがよくあるそうだと言うと、

「ふーむ」と如何にも感心したように、「そんな威勢のいい奴は日本にはいねえな」と言った。

私は又、その頃読んだアナトール・フランスの「エピキュラスの園」の「賭博に就い

て」の条《くだり》にあった、水夫が二人甲板で勝負を争っている時に、不意に船が沈んだので、泳いでいると、大きな鯨が浮上り、二人は偶然その背中で又対坐すると、泳ぎながら、離さずに持っていた道具で、直ぐ勝負の続きを始めたというのだ。私が此話をすると、ばくちうちは眼を輝かし、

「うむ、そういう事はあるな。その話は譬話《たとえばなし》か知らねえが、そういう事は本統にあるよ」と言った。

賭場《とば》に手入れがあり、皆逃げ出す中で、場銭を懐にさらい込み、裸足《はだし》で飛び出すと、何所へ行くかと思うと、開帳中の別の賭場へ行き、泥足の儘、あがり込んで直ぐ勝負に入るというのだ。今、其の賭場に手入れがあったと言うと、場がざわつくので、知らん顔で、さらって来た金で勝負をすると言うのだ。

ばくちうちは、それから市ケ谷の監獄と横浜の監獄との比較をして色々話してくれたが、余り興味がなく、水風呂に入る話の他は大概忘れて了った。

然しその中で、ある日、郊外に働きに行った帰途、路傍の青紫蘇の実を茎ごと取って来たら、それが部屋中に匂い、「誰れだ〳〵」と皆に騒がれたという話は印象的で面白かった。

草津へは、その後、十五六年して、里見弴とHと三人で四万《しま》温泉から廻わって行った事がある。その時も同じ宿屋だったが、宿の主人の弟が早稲田の文学評論家で、私達は大変優待された。その市川為雄君は私が最初に行った頃には未だ生れていなかった人だろうと思う。

（「心」三十年六月号）

熱海と東京

東京渋谷区常盤《ときわ》松《まつ》に新築した家が出来あがって、五月末に熱海《あたみ》稲村《いなむら》大洞台《おおほらだい》から引移って来た。それから丁度半年になるが、此頃になって漸く少し落ちついた。初めの頃は熱海の家が恋しくて弱った。あの海の景色がいつまでも心に残っていた。この間、一週間程三河の蒲郡《がまごおり》に行ったが、似たような景色で、感じが随分異うと思った。相模灘に比べて海の浅い事が不満だった。見えるのは海面で、深いか浅いか分らないから同じ事だというように一寸考えられるが、深いか浅いかは何となく感じられ、矢張り海は深くないと、景色としてよくない。いい例が松島で、昔から日本三景の一つとして有名だが、海が浅いので私は少しもいい景色とは思わない。あれは陸地に海水が溜ったので本統の海ではないからだ。

いつか、私の熱海の家へ来たバーナード・リーチがカプリに似ていると言った。そういういい景色の所から何故私は東京へ出て来たかと言うと、家主の都合で家を返して呉れと言われたからである。それに家が山の中腹にあって、急な坂の登り降りが私や家内の身体に少し無理になって来た時、実はこれだけでも立派に引越す理由になっていたのだが、それだけでは何か億劫でなか〳〵腰をあげられなかった。そこに家主から立退きを要求され、それをいい機会に引越す事にした。天気のいい日にはその急な坂もタクシーが登るが、雨が降ると、タイヤーが滑って登る事が出来ない。雨が止《や》んでからでも地面が乾くまでは登れないから非常に不便な所だ。終戦後、不如意に慣れていたので住んでいられたが、よく七年半も住んだものだと人から言われる。

私は子供から動物好きで色々なものを飼ったが、植物はそれ程に興味を持たず、年をとって段々好きになった。熱海では色々な草や木を植え、株で殖やし、差し木で殖やし、実生《みしょう》も作り、そういう楽しみを知るようになった。気候のいい土地で、他所《よそ》では温室でなければ育たぬものが露地で枯れずによくのびた。私はジェラニアムを南向きの軒下に植えて、七尺位の丈《たけ》にしたし、蔓ではない普通のバラを二間位の高さまでのばして見た。旅をして珍らしい植物があると、よく採って来た。大概はうまくついたが、先年北海道へ旅をして、札幌の植物園長の石田さんに色々送って貰ったものは矢張り殆どつかなかった。樺太や千島のものが主で、気候が余り異い過ぎるらしい。

熱海では動物を飼う楽しみもあり、野生の動物を見る愉《たの》しさもあった。海を眺めていて海豚《いるか》の群を二度見た。一度は海岸の直ぐ近くに来た。栗鼠《りす》は時々見かけたし、野生の兎の仔が近くで捕れて、貰った事もある。山鳩、目白、頬白、蒿雀《あおじ》。鷹もよく見かけるし、時には鶚《みさご》を見る事もあった。

熱海大洞台には動物植物のそういう楽しみが沢山あった。この楽しみは年寄った者には何といっていいか、妙に後味のいい楽しみで、私はそれらを幾つかの小品に書いたが、東京に来たら、この楽しみは全然なくなった。屋敷が小さく、庭は出来上っていて、それ以上、何一つ植える事も出来ないし、連れて来た二疋の犬は朝夕散歩をさせ、あとは狭苦しい処に入れたままになっている。

とにかく、私が東京の生活に本統に順応出来るのはいつの事か。便利な事は此上もなく便利で、のれん街のある東横百貨店まで、歩いて七分で行かれるし、夜八時に自家《うち》を出て渋谷の映画館で、二本立ての後の方だけは見て来られる。そして何よりもいい事は子供や孫達がよく遊びに来る事だ。孫は男八人、女四人で、男の孫が五六人集まると小さな家だから少しやかましいが、そういう事はそういつもはない。

繁華な所に近い割りには静かだ。青山の車庫前から並木橋へ行く広い通りの一つ裏通りで、自動車の通路でないから、熱海の家で下の道を夜中でもトラックが通るのに比べて、余程静かだ。夜など、品川の海からボウーと汽船の汽笛が聞こえて来るのも却って静かな感じがする。

映画の試写会にはよく行く。東横ホールの若手歌舞伎なども観るし、此間は蔵前の国技館にプロレスを見に出かけた。武智鉄二君演出の新しい芝居、エルリーのヴァイオリン、琉球の踊り、藤間節子やマーサ・グラームの新舞踊、そして、その前には滅多に観る事の出来ない桜間弓川《きゅうせん》、松本、川崎、幸《こう》、などの一世一代の「関寺小町《せきでらこまち》」も見た。その他、いい展覧会。こういうものは熱海からは一々出て来られないので、暫く遠のいていたが、近頃は大分見るようになった。これも大きい楽しみには違いないが、正直にいえば、居ながらに楽しむ事の出来る自然物の楽しみの方に心が傾いている。年のせいかも知れない。

近所に十羽程の雀がいるので、庭の土塀の屋根にパン屑を撒《ま》いて馴らし、それから段々近くに撒いて、今は私の腰かけている所から四五尺の所へ撒いて置くのだが、十羽が二十羽になり、時とすると三十羽位の雀がそれに集まって来る。コイ〳〵と声をかけて餌《え》を撒くと、遠い所で雀が返事をする事があり、直ぐ飛んで来る。雀は自家の者と客とを見分けて、客がいると用心して近寄らなかったが、最近はそれも大分馴れて来た。只少し困るのは鼠が二疋よく出て来て、私の方に尻を向けて平気でその餌を食うようになった事だ。鼠がいると雀は遠巻きに見ていて、それが居なくなるのを待っている。硝子戸を蹴って驚かすと、鼠は急いで雨樋《あまどい》を伝って廂《ひさし》へ逃げるが、同時に雀も驚いて飛び立つので、折角馴れたのを不安がらすのが厭やで、鼠は追わない事にした。私にはこんな事でも一寸した楽しみになるので、細かくしたパン屑は絶やさぬようにしている。

八十位になったら、又景色のいい所に住みたくなるかも知れないと思っている。便利で、景色がよくて、気候のいい所など、そうはないから、この望みはなか〳〵達せられないかも知れない。然し私は諦めてもいないのだ。

（「暮しの手帖」三十一年三十三号）

尾の道・松江

尾ノ道は実に偶然な事から行くことになったので、何の予備智識もなく、丁度友達が満州からの帰途、汽車の窓から見て、いい所だと云ったのが動機だった。そして、それから一週間程して出掛けた。実際に住んだのは三四ケ月だが、家は一年間借りていた。私はそれまで明石以西に行った事がなく、又、子供から四週間以上自家を離れた事がなかったから、独りそんな遠い所に行って、東京が恋しくて困った。「暗夜行路」の前身である時任謙作という初めての長篇を書くつもりだったが、なれないのと力の不足から散散に手古摺って、神経衰弱のようになって了った。然し若い頃でもあり、その時の経験は強く印象に残って、後ちに「暗夜行路」を書く時、その時の経験は随分利用する事が出来た。住んだ期間は短かかったが、今でも色色憶い出す事が多く、当時の苦しい気持も、今となれば、あるいい記憶として残っている。

旧居――これは本統にひどい陋屋だが――の近くに「暗夜行路志賀直哉」という碑が

建ったそうだ。建碑のあった時、私は極力断ったが、遂に建てて了った。昔、「暗夜行路」の前篇だけを出版した時に、犬養健君に頼んで書いて貰った題簽を、そのまま石に彫ったものだ。その事を手紙で犬養君に知らしたら、若い頃書いたもので、あれは閉口だという返事を貰った。

尾ノ道にいた頃から一年程して、三四ケ月だが、松江に住んだ事がある。その春、里見弴ともう一人の友達とで橋立見物に出掛け、宮津の宿の三階から海を眺めながら、暫く此地方で暮らすのも面白そうだと話合った。それがもとで、その六月、その頃大阪に住んでいた里見と城の崎で落ちあって、先ず鳥取に行って見た。然し鳥取は何んだか陰気な感じがあって二人の気に入らず、翌日松江に行って、宍道湖の展けた景色にすっかり魅せられ、ここに落ちつく事にした。

私は城の濠端に小さな家を一軒借り、里見は町中の素人下宿に住み、毎日元気さえよければよく二人で宍道湖の船遊びをした。二タ月程して、里見は姉さんの病気で急に帰り、それからは私一人になったが、尾ノ道時代とはすっかり気分が変って了って、東京に帰りたいとも思わなかった。

伯耆の大山《だいせん》には一人で出かけた。十日程居ただけだが、それから二十五年して、「暗夜行路」の最後の場面に大山を書く時、ノートのようなものは全然とっていなかったが、書きながら色色憶い出し、自分でもよく覚えていたものだと感心した。
松江にはその後二度行った。

（「婦人公論」三十一年七月号）

東京散歩

「週刊東京」から、憶い出のある東京の街を歩いて、写真を撮らしてくれと言われ、十二月十三日と決め、道連れに尾崎一雄君を頼み、午後一時に来て貰う事にした。

「十三日は金曜日で、十三日と金曜日と重なりますがかまいませんか」と記者のＹ君がいった。「いいえ、ちっとも」と答えたが、自動車事故でも起こすと、迷信が本統らしくなるから、なるべくそういう事のないようにして貰いたいとは思った。

　私は軽い流感のあとで、非常に疲れ易く、近所のＩさんの所へ行き葡萄《ぶどう》糖《とう》の注射をして貰い、待っていると、一時一寸前に尾崎君、Ｙ君、それからカメラマンのＩ君が迎えに来た。先ずＩ君の希望で東横デパートや東急会館を背景に何枚か撮った。前夜からの雨が晴れて、遠く山も見えていたが、それは写っていない。

　青山の墓地に行った。私の家の墓は累世之墓から義母の墓まで八基並んでいる。尚四つ立てられるので私夫婦と弟夫婦のを立てる事にしている。

若い頃、時たまに詣でた尾崎紅葉、九代目団十郎の墓も多少の憶い出にはなっているが、やめて、直ぐ麻布三河台町の十五年程住んだ家の屋敷跡に行って見た。江戸時代の地図によると、一柳《ひとつやなぎ》出羽守《でわのかみ》の屋敷で（萬延二酉歳、尾張屋板地図による）、瓦の入った厚い土塀があり、これは関東の大震災でくずれたが、その他は十二年前の戦災で奇麗に焼けて了い、今は分譲地として、あらかた家が建っているが、未《ま》だ空地のところがあって、其所の隣りのU氏との境に煉瓦塀が露われていて、それだけが僅かに昔の名残をとどめていた。

三河台に住む前、八つから十五歳位まで、芝公園十六号地という所に住み、増上寺、弁財天、エンマ堂、東照権現《とうしょうごんげん》、皆古馴染みであり、弁天さんの池、権現さんの神楽堂あたりで撮って貰うつもりで行ったが、エンマ堂も東照権現も今は全く跡かたもなくなっていた。

弁天さんの池は一ト通り昔の面影を残していた。此池に大きな亀が沢山いて、祠《ほこら》のある中島に這上っているのを捕える時、わざと足音を高く、大声をあげて行くと、亀は驚いて足と首を縮めて了う。私はそうして大きな亀を捕えて帰り、祖母にひどく叱られ、又池へ放しに来た事がある。そんな六十四、五年前の話をその時、尾崎君やY君にしたが、さりとて、そういう古い憶い出に対して私には何の感情もおこらなかった。

少し疲れ、何所かで茶でも呑もうと尾崎君がいうので、私は増上寺の前から大門《だいもん》を出て、神明神社の前にある太々餅に行って見ようといった。然し探しても、太々餅は元の場所にはなく、小さな喫茶店に太々餅という貧弱な看板が出ていて、それが元の店のなれの果てとも思えなかった。

銀座の並木通りで車を下り、少し歩き、前の文春の斜向《はすむこ》うの煉瓦作りの大きな喫茶店へ入って見た。その前はよく通るが、中に入ったのは初めてだ。なか〳〵洒落れた店で二階へ上る階段の途中に飾ってある昔の懐中時計のコレクションは一寸面白かった。鎖曳きの多分刻を打つ懐中時計なども二つ三つあった。時計は写っていないが、それを見ている私とそのかげになって尾崎君が写っている。

Y君とI君とは私に日劇の裸踊りを見せ、それから浅草へ連れて行き、女剣劇の楽屋へ案内するつもりらしかったが、私は先手にそれを断《ことわ》って了った。女剣劇の方は何度か見ているが、ストリップ・ショウというものは映画で見るだけで、実物は見た事がない。裸の女や剣劇の女優と一緒に写真をとられ、大きく週刊誌に出されるのは読者の好奇心は満足させるかも知れないが、十二人も孫のある私には迷惑な事である。既に連絡をしてあったので、Y君が電話で、それを取消して来た。

これらの写真はI君とY君の選んだもので、選択には私は全く関係しなかった。天地堂とある看板の下で、帽子に手をやった甚だ間抜けな姿の写真は客観的には何所が面白くて選んだのか私には全く分らない。然し此写真は、向うから来る徳川家正君を認め、まさに、挨拶をしようとする瞬間で、主観的には興味ある写真だ。家正君とは芝の幼稚園時代から数えると、七十年の知合いである。二人は暫く立話をしていたのだが、それを写して貰えなかったのは残念だった。

私達はそれから、森田沙伊《さい》君の展らん会を見、浅草へ行った。そして女剣劇の看板を見ているところも撮ったが、うまく写らなかったと見える。

最後の観音堂の前の香爐の側で尾崎君と笑っている写真は、幾月か前に今度七十になる細君と此所へ来た時、細君は賽銭をあげ、何を願うのか一心に拝んでいる。済んだので、一緒に此方へ階段を降りて来ると、この大香爐を三四人の女が囲んで、たつ線香の烟《けむり》を手のひらに受け、口の中で何かとなえながら胸や肩へ、なすりつけていた。

「お前もあの烟を頭のてっぺんにつけて見ろよ。毛が生えて来るかも知れないよ」といってやった。細君は若い頃、丸まげを結っていた事があり、頭の真中が禿ている。年と共に段々禿が大きくなるので、そういったが、流石《さすが》にそこまでは信じないらしく、笑って、それはしなかった。私は尾崎君にその話をし、尾崎君がそれを聴いて笑っている。そこを写された。

Y君は時々銀座の今昔というような題を出して私の感想を聞こうとするのだが、私には不思議な程、そういう懐古的な気持はなくなって了った。此間文藝春秋のU君が明治初年頃の写真の沢山入った所謂古老の話を集めた厚い本を貸してくれたので、読んだが、あの頃をなつかしむ気持も多少はあるが、今、一夜にして東京があの頃に逆もどりしたら、さぞ色々な事が不便でやりきれないだろうというような事を思った。

鳥屋で夜食。六時五十何分で下曽我へ帰る尾崎君を東京駅まで送り、私はY君とI君に送られて渋谷の自家へ帰った。思ったより疲れず、一寸面白い半日だった。

（「週刊　東京」三十三年一月十一日）

加賀の潜戸

四十五年前の夏、松江に暫く住んでいた時、里見弴、それから、これも親しい友達である九里四郎と三里程ある加賀の浦に一ト晩泊りで行った事がある、旧い事で精しくは覚えないが、松江から海まで二里程を俥で行き、其所から船を雇って一里、海岸添いに加賀の浦まで行った。

加賀は「かが」といわず、「かか」と言うのである。此所に潜戸《くけど》というのが二つあって、外洋に望んだ潜戸は神潜戸《しんくけど》といい、そこには古代神話の伝説があり、もう一つは大きな洞窟で、中に賽の河原があって、この方は何潜戸といったか忘れたが、とにかく、仏教の潜戸だった。

私達は松江を午後出たので、着いたのは夕方だったから、潜戸見物は翌日にし、海に望んだ小さな宿屋に泊る事にした。宿屋といっても、宿屋だけの商売ではなく、農業が主らしく、自分の家に風呂はなく、銭湯へ行ってくれというような宿だった。私達は先刻、船からあがって此家へ来る途で、その銭湯というのを見て来たが、流しは六畳程の板敷で、桶の据風呂が流しの一方に片寄せて置いてあった。かみさんに訊くと、男女混浴だという。九里だけが勇敢に出かけて行った。

土地の青年会長と名乗る干物のような感じの発育不良の青年が訪ねて来た。宿帳に九里を画家と書いたのを見て来たのだ。名士に書いて貰ったという色紙や短冊を幾枚か持って来て見せたが、名を知っている人は一人もなかった。此土地を観光地として宣伝する為めに来年度の仕事としてこれらの色紙を使って絵葉書の印刷をするつもりだという話を鼻高高としていた。

翌朝、朝飯の給仕をしてくれたのは野良仕事に出る姿をしたかみさんだった。間もなく昨日の青年が迎えに来て、その案内で私達は船で潜戸へ向かった。加賀の浦の湾を出はずれる所に大きな洞窟の潜戸があって、一寸船を下りて見た。そして外洋に出ると間もなく、神潜戸といわれる大きな巌を海と並行に掘抜いた隧道があり、私達はそれに西側から船を乗入れた。

水の深さは一丈余り、二丁程の長さだが、中程に外洋に向って五六間掘抜いた所があり、そこから光が入って来るから、中は薄明りで、真暗な所はなかった。どうしてこんなものを作ったか不思議だった。自然に出来る筈はなく、人工には違いないが、思うに、その昔、人間が歩いて通った道が段段に沈下したものかも知れない。

小泉八雲のグリンプセス・オブ・アンファミリア・ジャパンにこの隧道の中で泳いだ事が書いてある。読んで、私は大分誇張があるように思ったが、来て見て実際の印象はもっと強いと思った。綺麗な水で底の石がよく見え、天井から落ちる水滴が、艪の音だけの静けさの中で案外大きく綺麗な音を響かせた。水のたれる所が人間の乳のように白く鍾乳石でふくらんでいた。

大昔、猿田彦命が此岩窟に住んでいて、春、稲の蒔付けを日本中廻わって教えて来たが、取入れを教えてなかったので、秋が近づくと、それを教える為め細君を残し再び旅へ出た。その留守に細君が男の児を生んだ。細君は海へ向って、「此児、若し、ますら神ならば銀の弓を与え玉へ」と祈ったところが、沖の方から弓が流れて来たが、それは銀ではなく銅だったので直ぐ捨てて、再び「此児若し、ますら神ならば銀の弓を与え玉へ」と一心に祈ると、今度は銀の弓が流れて来た。此隧道は元は西から入って中程で直角に外洋に抜けていたが、赤児は与えられた銀の弓に矢をつがえ、東の岩に向って射たら、岩が一丁余り綺麗に貫けて、丁度朝で朝陽が洞中、一杯に差込んで、まぶしい位になった。其時、赤児の母親が「ああ、かかやかし」と言ったので、加賀の地名が出来たのだという。此話はその場で聞くとよく出来ていると思う。岩を射抜いた先に的島《まとじま》というのがあって矢は其所にささったというのだ。

私達は隧道を出て、船を的島につけた。青年会長は用があるから、三時頃に迎えに来ると船で帰って行った。私達のいる岩は海面から二三尺しかないので満潮になったら海水に漬かりそうに思ったが、山口県の萩あたりまでは潮が来るが、此辺は満干のない所だという。

私は青年会長が、聞いた事もない名士の色紙短冊をありがたがって、その下手な和歌や俳句を絵葉書に刷込むのを自慢らしく話すのを苦々しい気持で聞いていたが、私はそんなものを作る位なら小泉八雲の書いた立派な文章があるからその翻訳をパンフレットにでも作る方が遥にいいと本気になってすすめた。勿論青年会長は八雲の名は聞いた事もなく、私の言葉には全然耳を傾けなかった。私は歯がゆい気持から苛苛して青年会長に少し怒った。

これは潜戸への船の中での話だが、青年会長が加賀へ帰ったあとで、九里は私の親切なのには感心したと言って冷やかした。当時は松江でも小泉八雲は一般には知られなく、その旧居なども私は二タ月いる間に誰れからも教えられなかった。

九里の発案で私達はここで栄螺を捕り、酢貝を作って食う予定だったから、握飯と酢と醤油だけで菜は何も持って来なかった。的島は頂上の尖った三丈程の岩山で麓が広く平らな岩になっていた。九里と里見は早速裸になって海にもぐり小さな栄螺を幾つか捕って来た。私は岩についている海素麺というさし身のつまに使う海草を取ったが、栄螺は小さくて三人の菜にする程採れなかったから、少し離れた所で銛のついた長い竹竿と函眼鏡で栄螺を採っている漁師を呼んで大きな栄螺を売って貰った。殻を破って身を出し、海水で洗ってから持って来たナイフで賽の目に切って二杯酢で食うのだが、七月の炎天で木蔭もない平岩の上で作るのだから、酢も醤油もぬるま湯で少しもうまくなかった。それでもむすびを食ったが、予期は全くはずれた。

私は松江で小さな家を一軒借りていたし、里見は素人下宿の二階に住んでいたが、九里は大阪から、旅で来ていた。島の側を東に向って通る船があり、呼びとめて訊くと、三保の関へ帰るというので、九里は私達と別れ、一人その船で東へ向かった。

間もなく青年会長が先刻の若い船頭に漕がして迎いに来た。里見と私は又潜戸をくぐって加賀の浦へ帰り、それから何で松江に帰ったか今はもう憶い出せない。

その時から三十何年して、何人か寄って食物の話をしている時、里見が的島で食った栄螺に就いて、「実にうまかったねえ」と私に同意を求めたが、私は返事に困った。「何も彼も生温くなって、不味かったのだよ」というと、里見は「そうだったかなア。取りたてで大変甘かったような記憶があるがなア」と言った事がある。

（「風報」三十四年六月号）

5

愛読書回顧

私の十一二歳の頃、「少年読本」という叢書本があって、次々に出版された。これは子供の本としては装幀も立派なもので、表紙は和紙に綺麗な絵が木版で刷ってあり、裏は青表紙で、本文は厚味のある洋紙だが、それが太い絹糸で帳面のように綴じてあった。第一巻が巌谷*漣山人の「こがね丸」、平安朝の犬の話だった。第二巻は「二人椋助」これは尾崎紅葉山人作となっていたが、後半誰からかアンデルセンの翻案だと言う事を聞いた。両方とも非常に面白く思った。「近江聖人」だとか、「新太郎少将」だとか、そういう伝記もあったが、前の二つ程は面白くなかった。「小国民」「少年世界」などいう雑誌も随分愛読したものだが、単行本で最初に私が愛読した本と言うと、この「こがね丸」と「二人椋助」の二冊を挙げていいようだ。

当時読んだ本に「雪中梅」もあった。矢張り面白く思った記憶がある。「昆太郎物語」、「鯨幾太郎」、「浮城物語」、「海底旅行」、「八十日間世界一周」、「唖の旅行」これらの中では「唖の旅行」と「浮城物語」を愛読した。以上が私の第一期の愛読書である。第二期は黒岩涙香、丸亭素人、――これは「まるで、しろうと」という洒落だという事を後半、気がついた――この二人の探偵小説を恐らく総て読んだ。涙香の「死美人」を殊に面白く思った。涙香の次には村井弦斎を、その次には、ちぬの浦浪六を愛読した。「老女の化粧とぞ言う師走の月は高く空に冴え……」浪六の何かにある、こういう文句を作文の時、使った事を覚えている。第一期時代は著者には殆ど無関心で、泉鏡花の「化銀杏」なども面白く思いながら、誰れの作とも知らずにいたが、第二期には著者を決めて、その作品を片端から読んで行った傾がある。

何しろ面白くて仕方がなかった。便所の中は素より、学校の往復に俥の上で読み、教場でも授業中に読んでいた。学校の往復に俥は贅沢のようだが、四谷の学習院から、芝山内の自家まで、一里余り、黙って乗って四銭だった。今からは考えられない俥賃である。風呂の中でも右手だけ濡らさぬようにして読んだし、寝床では行燈の弱々しい灯りで、晩くまで読んだ。よく近眼にならなかったものだ。

第三期には、今度は色々な作家のものを読んだ。主に硯友社の連中のものだが、あれこれと手当り次第に読んだ。祖父母と一緒に毎夏、温泉に行ったが、其所の貸本屋の本を毎日二冊ずつ読んだ。先ず、乱読と言っていい読方だった。

その頃のものでは矢張り、「金色夜叉」を一番面白く思った。「金色夜叉」を読む為めに読売新聞をとったが、始終休載で、なか〱、先へ進まなかった。ハガキ欄にその不平がよく出ていたが、紅葉はそれを見て、俺の名文を一銭で毎日読もうというのは虫がいい、と言ったとか、紅葉も威張ったものだが、新聞社の方も寛大なものだった。紅葉でも「多情多恨」は退屈で読み通せなかった。

露伴の「五重塔」とか「對髑髏」も面白く読んだ。徳富蘆花の「不如帰」では浪子の死ぬ所で、母の死んだ時の事を憶い出し、涙が出て困った。そして此時期の終り頃から泉鏡花に熱中し、「風流線」あたりまでは此著者のものを一つ残らず読んだ。「五重塔」でも人物が何となく威勢がいいので好きだったが、鏡花のものでそういう人物の出て来るものが好きだった。それに自分が実母を失った経験から鏡花の亡き母親を憶う物語には心を惹かれた。

第四期、——第一、第二、第三と勝手に区切りをつけたが——私の第四に当る此時期に丁度自然主義が起った。純粋な自然主義とも違うが、私は国木田独歩をよく読んだ。「波の音」という短篇などを繰返し愛読した。

夏目漱石は最も愛読した作家で、「猫」でも、「坊ちゃん」でも、「野分」でも、「草枕」でも、みんな繰返えして読んだ。人間の行為心情に対する漱石の趣味、或は好悪と言ってもいいかも知れないが、それに同感した。漱石の初期のものにはユーモアとそういうものとが気持よく溶け合っている。ユーモアだけでなく、そういう一種の道念というようなものが一緒になっている点で、少しも下品にならず、何か鋭いものを持っていた。

雑誌の出るのを待ち兼ね、むさぼり読んだ。年末に、正月の特別号の出るのを待つ気持は実に楽しかった。今の若い人達が今の雑誌をあれ程に待つかしらと思う。

私はこの時期に自分も小説家になる決心をしたから、勉強のつもりもあって、色々なものを読んだ。従って、読み方も只面白ずくでなく、技巧なども多少気をつけて見るようになったから、読む速度は大分遅くなった。「多情多恨」は明治三十八年の十二月、病祖父の枕元で読んで、今度はすっかり感心した。丁寧に字の使い方まで注意して読んだ。

坪内逍遥の「かぐや姫」に刺激されて、平安朝のものも少し見たし、徳川期では近松、西鶴、京伝、三場、一九、鯉丈、春水なども読んだ。義太夫をよく聴きに行き、親みもあり、近松には感心したが、西鶴の方はその時よりも余程後になって本当に感服した。京伝の短い物語を大分読んで見たが、何れも粗末なもので感心しなかった。春水もつまらぬものと思った。「浮世風呂」「膝栗毛」「八笑人」などの方が面白かった。

西洋人のものでイブセン、トルストイ、ツルゲーネフ・ゴルキー、ハウプトマン、ズーダーマン、チェホフ（チェコフと言っていた）、モーパッサン、フランス、ハーン等を愛読した。ゴルキーの極く初期のものは威勢がよくて特に好きだった。「ルーディン」の主人公などは歯がゆい気がして嫌いだった。

日本の作家では二葉亭四迷の「其面影」に感心した。高浜虚子の初期の小説も愛読した。情緒的なところが好きだった。荷風のもので「牡丹の客」が好きだった。自然主義の作家のものも読んだが、大体、好きにはなれなかった。徳田秋声の「黴」だとか「爛」などは題だけで恐れをなして読まなかった。秋声はそれ以来、最近の「縮図」まで殆ど読んでいなかった。「愛読書回顧」も五十年間では長過ぎて迚《とて》も細々した事は書けない。此雑誌の編集者、近藤経一君に課題され、気軽に書いたが、記憶に間違いもあるかも知れず、又愛読したと言っても、その当時の事で、今読返えしてどう思うか分らないから、以上は「記憶の中の愛読書」という事になる。

自分が物を書き出してから愛読書に就いて書くのは少し億劫だ。それに、私は感心しても、少し時が経つと話の筋を大概忘れて了い、記憶だけでは精しい事が書けず、一度、読み直さねばならぬので、尚億劫になる。実は近藤君の課題もその方が主であったかとも思うが、私は却って、それから離れたものを書いた。

最後に、昨年、「アンナ・カレーニナ」を初めて通読し、大変感服した事を付加えて置く。（昭和二十一年十一月十四日大仁にて）

（＊昔は「小波」でなく「漣」だったと思うので故と「漣」にした）

（「向日葵」二十二年創刊号）

楽屋見物

学習院の高等科一年の時だ。その頃、私は芝居見物に熱中し、歌舞伎座、明治座、東京座、宮戸座など、殆ど欠かさず観ていた。ある日、同級生の細川護立が、テニス友達のブリンクリーが今度の菊五郎を知っているから、案内して貰って、楽屋見物をしようではないかと云う。大いに乗気になり、同じ仲間の木下利玄ともう一人を誘い、ブリンクリー共五人で、その日、歌舞伎座へ行った。普通の芝居は一ト桝四人詰だが、歌舞伎座だけが五人詰であった。

古い事で、狂言は一番目も、中幕も、二番目もみんな忘れて了った。只、大切《おおぎり》が「吉田屋」だったという事は舞台を観ずに却って覚えている。楽屋で梅幸が夕霧に化粧するのを見ていたからである。

二番目が済んだところで、男衆が吾々のいる平土間に迎いに来た。芝居の方では其所を何というか知らないが、花道の揚幕を入った狭い所に連れて行かれた。最近、丑之助から六代目になったばかりの菊五郎が待っていて、花道の下の薄暗い道から楽屋の方へ案内してくれた。

最初に見たのは舞台の直ぐ横裏にある作者部屋だった。六畳程の狭い部屋で、その真中に、半白の頤鬚を生やした福地桜痴居士が肱枕で、長々と寝ころんでいると、弟子の作者達であろう、三四十代の人が四五人、それを囲んで、かしこまって坐っていた。私は後年、涅槃図を見て、この時の光景を一寸憶い出した事がある。菊五郎が不遠慮に障子を開けると、皆一せいに此方を見たが、誰も口をきかなかった。古い桜痴居士で、「高時」、「春雨傘」などの作品で、多少の敬意を持っていたから、菊五郎に何かいうかと興味を持って見ていたが、顔を見合わせたまま、一ト言も口をきかなかった。楽屋見物の案内という事が分っていたからであろう。

次に、私達は二階の梅幸、菊五郎、栄三郎（後ちの彦三郎）三人兄弟の楽屋に案内された。入口に三枚、新しい木札がかかっている。立止って見ていると、菊五郎は直ぐその一つをはずし、黙って裏を見せた。尾上丑之助と書いてある。木札は裏側を削って書直したものだ。

梅幸等の楽屋は十二畳か十五畳か忘れたが、天井の余り高くない風流な造りで、最近まで五代目菊五郎が此所にいたのだそうだ。梅幸は床の間に近い鏡台を背に此方向きに坐っていた。細川、木下等が華族である事に多少敬意を表している風もあったが、それよりも、年下の者に接する気安さからか、親みを持ち、なか〳〵愛想がよかった。新しく作った羅馬字の名刺を出して、何故、自分の名にMr. をつけるのだろうとブリンクリーに訊いたりした。梅幸の幸をhを附けて、延ばして発音させる事を私は初めて知った。Mr. Baikoh Onoe で、これを西洋人に示すと、尾上さんと云われるので困るとも云っていた。芝居の社会で、市川さん、尾上さん、中村さんでは誰の事か分らず、成程困るだろうと思った。

暫くして男衆に云われ、「これから顔をしますから、どうか見ていて下さい」そういって、着物を脱ぎ、越中褌一つの裸体になり、「どうも、この恰好を見せちまっちゃあね」と笑いながら、浴衣を重ねた着物に着かえると、鏡へ向かって坐り直した。鏡台は普通、家庭にある物と大差ないが、只、鏡の支柱から両方へ五六寸の長さにニッケル鍍金の細い鉄棒が出ていて、それに牡丹刷毛が沢山下げてあった。クリームのように濃い白粉を小さい平刷毛で塗る。それが恰もペンキを塗ったようで不気味な感じがしたが、塗るそばから牡丹刷毛で叩くと、その不快な光沢は直ぐ消えた。湿っていてはまずいらしく、空いた刷毛を男衆は傍の火鉢であぶり〳〵、手早く渡していた。

梅幸は普通の女はもっと頬に紅をさすのだが、夕霧は病気をしているので、それをしないのだと云った。幽霊の場合はこれに尚、多少の青味を加えるというような事も云っていた。ある時、源之助が、その同じ幕にもう一度出る事を忘れ、湯に入って了い、周章てて鬘と衣裳を着け、真赤な顔で舞台へ出た事があるというような話を梅幸は鏡に向かったまました。源之助の事を「沢村源之助という役者が」と云ったのが、一寸変に聞こえたが、私達が源之助を知らないかも知れぬと思ったのかも知れない。

夕霧の鬘を説明して、手桶に水一杯の重さがあると云い、試めしに持って御覧なさいと、男衆に台からはずさせ、それを私に渡したので、持って見たが、手桶の大きさにもよるが、梅幸の云う程、重いとは思わなかった。それでも内側が銅で張ってあり、大きな櫛や笄の沢山ついている鬘は相当な重量だった。「よくこんな物を被って芝居がやれるものだな」と感心すると、梅幸は「重たい衣裳を着るから中心がとれるんで、裸体《はだか》で、こいつを被った日にゃあ、ひっくり返って了いますよ」と云った。衣裳を着て了ってからは便所にも入れないと云うような事も云っていた。

幕開きの拍子木が聞こえた。唐紙が開き、伊左衛門に扮した家橘（後ちの羽左衛門）

が顔を出した。家橘は此部屋に普段見かけぬ種類の客が大勢いるので、何か云おうとして一寸ためらっていたが、梅幸が振返ると、「少し遅れてるから、水臭くやろうぜ」と、それだけ云って、直ぐ唐紙を閉め、出て行った。当時の芝居は今のように、きまった幕《まく》間《あい》時間というものがなく、役者の支度の出来たところで幕を開けるやり方で、五代目菊五郎などは幕間が長いので有名だった。間もなく、舞台の方から家橘の声が聴こえて来た。

私達は梅幸の着つけを仕舞いまで見ずに起った。そして、今度も菊五郎の案内で、前興行まで団十郎がいたという部屋を見に行った。前の部屋と広さも造りも同じような部屋だったが、前の部屋が何となく色彩があるのに反し、此所は空家のように寒む〳〵としていた。団十郎没して、今は八百蔵(後ちの中車)と吉右衛門の二人が一緒に使っているとの事だったが、二人共、大切の幕には関係がなく、帰った後で、鏡台の電燈は消され、天井からのが一つ点されているだけだったから、尚、そういう感じがしたのかも知れない。二三日前の新聞の演芸欄に二人が亡き団十郎に対する敬意と遠慮から、その部屋では座蒲団を使わぬ事にしていると云う美談が出ていた。成程、座蒲団は一枚も見当らないが、部屋一杯に敷きつめてある堺段通が二人の坐る鏡台の前だけ、座蒲団の大きさに高くなっているのは、つまり、座蒲団を敷物の下に敷いているのだった。私はそれを別に偽善という風には感じなかったが、そういう工夫をして、敷かない事にし、それで気が済んでいる所を一寸面白く思った。

次に、私達は三階に連れて行かれた。細い梯子段を登り切った所に小さな黒板が掛けてあって、それに十人程の役者の名が書いてある。私は訊いて見た。「あした出る大部屋の役者の名が書いてあるんです」菊五郎は指で、その一つを消し、「こうして置くと、此奴《こいつ》はあした来ても舞台へ出られないんです」と説明した。真顔で説明しながら、実は悪戯をしているのがおかしかった。菊五郎は私よりも一つか二つ下で、その頃、十九か二十だったと思う。

舞台の真上に行って見た。遥か下の方で梅幸家橘の二人が夕霧伊左衛門の芝居をしている。舞台を鳥瞰図で観るというのは初めての経験で、珍らしかった。其所に一杯に水を張った四斗樽があり、竹の杓が添えてあった。防火用にしては頼りない量だし、何に使う水か分らなかったが、菊五郎は杓に水を少し掬うと、舞台にそれを撒き始めた。流石に夕霧や伊左衛門の上には撒かなかったが、後ろに居並ぶ末社仲居等の上にパラ〳〵と少しずつ撒いた。仰ぎ見て、顔を拭っているのなどが見えた。勿論、吾々のいる所は暗く、下からは何も見える筈はなかった。「吉田屋」の幕が閉った。私達は「水臭い」夕霧伊左衛門などを観るよりも遙かに面白かった楽屋見物に満足し、菊五郎に礼を云って別れた。

以来、四十六年、私は舞台で見る以外、一度も菊五郎には会っていないが、今、病気という事を聞くと、歌舞伎では掛替えのない人ゆえ、自重して、是非直って欲しいと願っている。——世の大勢の人々もそう思っているだろう。

（「新潮」二十四年七月号）

美術の鑑賞について

――「少年美術館」の為に――

美術鑑賞の方法は色々あるだろうが、私の経験から言うと、総て自分の実感に頼って、それで素直に理解し、段々に進んで行くのが一番安全な正しい方法だと思う。最初から美術史に頼って、これは有名な絵で立派な作だそうだというので、本統にそれが、自身の力で理解消化されないままに通過し、進んで他《ほか》のものへ観賞を移すというやり方は進歩が速いように見えて、実は空洞を残し、又後もどりして、それを埋めなくてはならぬような事になる。このやり方では自分の勘が養われない。

美術研究家というものは色々細かい事を知っていて、それを精しく本に書くので、読者は美術を理解する為めにはそういう事まで一々知って置かねばならぬのかという気になり、色々な事を「知る」に急になって、作品そのものから直接「感ずる」事が疏《おろそ》かになる。それは鑑賞の本道ではない。

研究家にとって必要な事が必ずしも鑑賞家にとっては必要でない事も幾らもある。誰れも彼れもが専門家の真似をして、部分的な細かい事を知ろうとし、却って大切な事を見落しているような場合がよくある。

二十年程前、奈良に住んでいた頃、仏教美術研究会という大体は素人で、それに少数の玄人の混った会があって、ある時、私は臨時会員になって甲山《かぶとやま》の如意輪観音を見に行った事がある。

甲山という所は近い割りに行くのが一寸面倒な所なので、私は一緒に行ったのだが、仏像を厨子から出して貰うと、皆はそれでも五六分は静かに眺めていたが、それからは観音像を逆様にして懐中電燈で腹の内側を調べたり、巻尺を出して肩からひじまで、ひじから手首まで、寸法を計ってノートにつけるやら、まるで洋服でも拵えるような騒ぎで、私はそういう連中との美術行脚は一遍で懲《こり》て了った。

然し、その後、又ある機会に誘われて行ったが、その時は甲山の時のような事はなかったので、そのあとにも、もう一度、高山寺《こうざんじ》に連れて行って貰い、沢山の弘仁仏《こうにんぶつ》を見た事がある。

美術が好きになるのはいいが、通《つう》がる興味が主にならぬように注意する方がいい。陶磁器の鑑賞にしても、本などで土の事などが精しくなると、陶器そのものの全体を鑑賞するよりも、先ず裏の釉《うわぐすり》のかかっていないあたりを虫眼鏡でしきりに調べ、そして通を云う。こういう鑑賞の仕方を私は好まない。

自分の勘を正しく、段々に発達さすようにするのが一番いい。然しそれには相当永い年月がかかるが、それで得た鑑賞力は本物で、借りものではないから、他の美術の鑑賞にも応用が利き、少しずつでも進む楽みがある。

私は子供時代からそういうものに比較的興味を持っていたが、さりとて、鑑賞に勝れた勘を持っているという方ではなかった。特に色に対する感覚は普通の人より鈍い方で、色彩は自分には分らないとあきらめていた時代もあったが、年と共に段々それが分って来た。分って見れば、それは分らなかった頃には知る事の出来なかった喜びである事に気がついた。

「好きこそ、ものの上手なれ」で、これは鑑賞に就いてもそういえる。本統に好きなら、知らず知らずのうちに段々解って来るものだ。要するにそういうものを見る事が好きだというのが第一の条件かも知れない。

ゴッホが美しいとか、ルオーがいいとか本で教えられ、自身の幼稚な鑑賞力では解らないのを鵜呑みに感心して了うのは却って本統の理解を遅らせる場合がある。実感で感心するようになるまでは素直に分らないなら、分らないとして置く方がいい。少年時代はもっと甘いものから出発して、段々にそういう所に到達するのが本統だと思う。

私の子供時代に日本に紹介されていた西洋の絵というと、大体、甘い感じのものが多く、私もそういうものが好きでレーノルズの天使の首の絵とか、ムリロの絵などを額にして懸けていた。ある年のクリスマスの売出しで、教文館で宗教画の画集を買って来たが、その巻末に付録のようにブレークの木版画が沢山ついているのを見て、私は何という醜悪な絵だろうと大いに不満を感じた記憶がある。

それが好きになるまではそれから恐らく十年位かかったかも知れない。そういうものである。余りいい例えではないが、ブレークなどはこのわたのようなもので、一度好きになると非常に好きになるが、本統に好きになるまでは、子供が無理に好きにならなくてもいいものだと思う。

それから美術のもとは矢張り自然なのだから、美術の鑑賞は美術だけを見ていずに、そのもとである自然を絶えず注意して見ている事が肝要である。自分は画家ではないから、それを画面に表現する事は出来ないが、画家が表現したものを見て、そのもとが何であるかを勘づく事で、その画が一層よく解るという事はある。

又反対に画によって、自然の見方を教えられる場合も非常に多い。私は今、相模洋に望んだ山の中腹に住んでいるが、朝夕の海面の色の変化の多い事、そしてその美しさには始終感心しているが、そういう複雑な色の感じが分るというのは私の場合、矢張り梅原竜三郎の絵から、教えられた所が多いという事を感ずる事がよくある。

（「図書」二十五年十月号）

赤い風船

田鶴子から電話がかかった。

「おとう様？　今、銀座にいるのよ、『沈黙の世界』と『赤い風船』を見て来たところなの。途《みち》だから、帰りにお寄りしようかしら」

「康子《さだこ》は近所の菓子屋にいっているが、今朝お前に、電話をかけて見ようかといって、待っていたよ。直ぐ来るといい」

「じゃあ、これからうかがうわ」

と電話を断《き》った。

まだひる前なのに、どうしてこんなに早く映画館が開いていたのだろうと不思議に思った。暫くすると窓の外で、裕《ゆう》の「こんにちはアー」という透る声がした。

「こんなに早くどうしたんだ」

「八時からの割引きで見たのよ。百円なのよ」と田鶴子は笑っていた。荻窪の家を六時半に出て八時十五分前に行ったが、もう行列を作っていた。いい具合に席はとれたが、とにかく大変な人で、済んで出て来ると、外は又、一杯の人だったという。

私は「赤い風船」も「沈黙の世界」も試写で見て、近頃珍らしい面白い映画だと思い、「わんわん物語」と共に此娘に勧めていた。

「なかなかいいだろう?」

「よかった!」と田鶴子は言葉少なく却ってその感動を現わしていった。

「裕も喜んだろう」

「それが……」と娘は笑いながら、「風船を悪戯っ児が踏んづける所で、急に大きな声で泣き出したのよ。周りの人がみんな振り返って見るので、困っちゃった」と言う。

「赤い風船」という映画は小さな子供が学校へ行く途で、街燈にひっかかっている大きな赤い風船を見つけ、カバンを置き、鉄柱に攀《よ》ぢ上って取ると、それを持って巴里《パリ》の灰色の町を行くのだが、色彩映画でいながら、風船の赤い色だけをはっきり印象させ、他はなるべく色を消しているのはなか〳〵考えてあると思った。風船と子供とは仲よくなった。然し学校へ着いて、それを教場まで持込む事は出来ない。風船は直径一尺四五寸の大きなもので、子供は紐を離して中に入って行くが、風船は入口の上をふわり〳〵飛んで、子供の出て来るのを持っている。歩道を来た紳士が手を挙げ、風船の短い紐を捕ろうとすると、風船は紐をはずませ、届かぬ高さにあがる。やがて子供が出て来て、紐を持ち一緒に帰って来る。子供が紐を離しても、風船は犬のようについて来る。空き地で子供が五六人遊んでいた。二つ三つ年上の児もいて、それらが赤い風船を見つけると、追いかけて来た。中にはパチンコで狙い射つ者もある。風船を持った子供は一生懸命に逃げた。狭い谷底のような横丁を風船を持ったまま夢中で馳けて行く。悪戯っ児はしつっこく追いかけて来る。空き地のような所の低い垣根を乗越え、逃げたが、到頭追いつかれ、四五人に囲まれる。それからは、子供達は画面に一人も現われず、パチンコで穴をあけられたらしい萎びかけた風船が草原に転がっている所に悪戯っ児の足だけが映って、風船を踏みつけて破《わ》って了うのだ。裕は其所で大きな声で、泣き出したのである。

裕が映画という事を忘れて、その子と一緒に逃げ廻わっていて、到頭風船を破られ、堪らなくなって泣き出す気持がイヤにはっきり分り、私達は面白く思ったが、裕は母親がこの話をしている間、さも不愉快そうな顔をしていた。気がついて田鶴子が近寄って行くと、母親の顔を上眼使いに睨みつけ、腹の辺を黙って二つ三つ撲った。

「怒ったの？」と田鶴子は当惑顔をしていた。家内の話では田鶴子が台所にいる時にも、

「あんな事を人に話した」といって、裕はまだ怒っていたそうだ。なぜ、裕がそんなに怒ったのか最初は分らなかったが、裕は自分が映画という事を忘れて、大勢人のいるところで、大声で泣いて了った事を大変な失敗をしたと思っているのだ。母親が面白そうに祖父や祖母に話すのを聞いて、自分が恥をかかされたと思ったらしい。

私はその翌々日、銀座に出たので、露店で映画の風船と同じ位に大きくなる赤い風船を買って来た。帰ると、偶然、又田鶴子と裕が来たので、脹らましてやったら、それを抛り上げたり毬《まり》についたりしていた。裕は田鶴子の長男で、この春から幼稚園に通い出した児である。

私は田鶴子の幼年時代の事も当時、幾つかの小品に書いている。「池の縁」とか「台風」とか「日曜日」などがそれである。私にはそういう事もそれ程古い事のようには思われないのだ。

「赤い風船」を二度見たら、私の書いた梗概が大分違っている事に気がついた。然し、直さず、そのままにして置いた。

（「毎日新聞」三十一年九月二日）

首尾の松

半月程前、室生犀星君に招かれ、家内を連れ、歌舞伎座を見物した。隣りの席には佐藤春夫君夫妻が、これも招かれて来ていた。最初に室生君原作の「舌を噛み切った女」というのがあった。

その後、私が礼の端書を出すと、室生君から折返し、端書が来て、「此間は佐藤君とお二人だけお招きしましたが、見ていただき喜しく思いました。俳優の皆さんのしごとを見ていると、たいへんな勉強ぶりで僕はらくをしているようで気がひけます」と書いてあったが、とにかく、俳優は皆、この新作狂言と取組み、一生懸命にやっているので、見て気持がよかった。ある程度効果も収めていると思った。

第二は「小鍛冶《こかじ》」で、松緑の稲荷山の神霊は幾らか未だむらがあって、完全とは言えないが、それでもなか〳〵よくやるのに感心した。その次が「十六夜《いざよい》清心《せいしん》」。これは海老蔵の清心、梅幸の十六夜。前に見たのは羽左衛門と先代梅幸、それに、その頃の延寿太夫、この組あわせを考えると、今度のはいささか物足りない気もしたが、それにしても、此位なら、まあ結構という所だろうと思った。

序幕の第二場に白魚船の場があり、幕が開くと、無台の真ン中に四ツ手網を下ろした舟があり、背景は蔵前の水門で、水門から少し下手の石垣の上から川の方へ幹を傾け、形のいい大きな松が描いてあった。これは「首尾《しゆび》の松」という江戸時代からの端唄の文句などにも出てくる名高い松で、二三年前ラジオを聴いていたら、宮川曼魚《まんぎよ》が解説をして「これは私共は覚えませんが、蔵前の河岸にあった松で、……」といっていた。私はそれで、その松の名を知ったのだが、子供の頃、私は始終ボートを漕いで此松の下を通ったものである。曼魚は深川の鰻屋の主人で私とそれ程、年の差はないように思ったから、此松を知らないというのが不思議に思われた。私は試みに広辞苑でひいて見た。「江戸蔵前付近、隅田川西岸にあった名木、吉原へ船で往来したものの目標となった」と書いてあった。

私は芝居を見ながら、此何十年か前に無くなった松がその通りの姿で舞台の書割りに描かれているのを見て、何か一種の感慨を覚えた。宮川曼魚も知らない位だから、実際に此松を知っている人はもう少ないに違いない。この書割りを描いた道具方などは全く知らずにこれを描いているのだろうと思った。

私は明治十六年の生れだから、私の生れる十六年前には此東京も江戸といっていた時で、私の子供の頃には其所此所に江戸の名残りが残っていた。永代橋の向うに、それこそ今は芝居の書割りでしか見られぬ黒く塗った火見櫓《ひのみやぐら》が低い家並の上に聳えていたし、上野公園の中には上野の戦争で、柱に弾痕の残った黒門が移し建てられてあった。黒門町というのは此門があって、そういう町名になったというような事が立札に書いてあった。西郷隆盛と勝安房《あわ》との話しあいで、江戸の町は殆ど戦災に会っていないから、その他にも色々なものが残っていた。室町の三越の前身である越後屋など、紺の暖簾《のれん》を往来へ張出した土蔵造りの間口の広い店だった。石町《こくちょう》から右へ両国へ行く道の右側に同じ構えの大丸があり、番頭に言われる同じ言葉を小僧が長く引いた面白い節で復誦しながら、品物を蔵へ取りに行くのを見た事もある。

年をとると、段々歳月の経過を早く感ずるが、今から十六年前というと、高田馬場の仮寓から、現在息子の住んでいる世田谷新町の家へ引移った年で、その間に戦争があり、敗戦、降服があり、それから米軍に占領され、日本も大変な変り方をしたが、それでも私の記憶としては十六年前のその頃をそう古い事とは思えない。

私の家は明治五年奥州相馬から出て来て、東京に住みついた家で、家庭として江戸趣味とか下町趣味などの全くない家だったが、それにも拘わらず子供の頃、眼に触れるものには江戸の名残りというようなものが多く、記憶をたどると、自然にそういうものが色々出て来るのである。

「十六夜清心」の芝居にある百本杭《ぐい》なども子供の頃はそのままの形で残っていた。一方は川、他方は武者窓のある藤堂《とうどう》屋敷で、私達は両国から其所を通って、お竹蔵の艇庫《ていこ》に行き、ボートを下ろし、川を溯《さかのぼ》って言問《こととい》まで漕いで行ったものである。川岸の往来に小さい橋があって、その下をくぐると、今の五十米プール位の桝《ます》池があり、恐らく以前は其所に蔵があって、建築材料の竹でも貯蔵してあったのではないかと思う。蔵前は私の知った頃は高等工業学校になっていて、もう蔵はなかったが、芝居の書割りには破風《はふ》を並《なら》べた蔵が幾つも描いてあったから、水門を開き、米を積んだ船を乗入れ、その蔵へいれたものかも知れない。

桝池といえば、今の山下門から日比谷の方へ堀があって、その突きあたりに二十五米プール——もう少し小さかったかも知れないが、矢張り桝池が二つ並んであった。桝池の幅だけの石段が路から水の中まであり、其所に船を横づけにして堀から品川の海へ出たものらしい。将軍が其所から船に乗ってお浜御殿へ行ったなどという事もあったかも知れない。私が五六歳の頃、四つ上の叔父と桝池で鮒釣りをした事がある。私は見ているだけだったが、叔父が釣上げた鮒を空中で受止めたのを見て、うまいもんだと感心した記憶がある。此桝池など如何にも江戸時代の遺物らしいものだった。その他、愛宕下《あたごした》に残っていた仙台屋敷。大きな屋根の門の両側になまこ壁の武者長屋が続いていた。そんなものが私の子供の頃には未だ大分残っていた。芝の久保町の原に葭簀《よしず》張《ば》りの講釈場のあった事も覚えている。

とにかく、七十四年の私の生涯というものは、そういう江戸の名残りに接して来た時代から、今日の飛行機、テレビ、殊に原水爆の時代まで生きていたのだから、随分長く感じてもよさそうなものだが、実はそれ程には感じていない。変化の少なかった子供時代は割りに長いような気がしたが、テンポが加速度に早くなると、時の経過も早くなって、色々な事がつい此間の出来事のような気もするのだ。

以下は江戸名残りの話とは関係ないが、宮川曼魚の名が出たので、書いて見よう。戦争の終り近く、私の一番上の妹の主人が退役の海軍大佐で、南方、アンボンあたりまで行く輸送船団の司令で出かける時、私の同胞とそのつれあい、合わせて十四五人で、深川の宮川で送別会をした。此家は鰻屋だが、もう鰻などいう贅沢なものはなく、怪しげな日本料理に、所謂純綿ならざる飯を食わされた。その頃は何所の家もそうではあったが、如何にも索莫たる感じだったので、私は幾らかの座興にもと考え、主人の曼魚に頼んで、此家に伝わるという尾崎紅葉の軸を見せて貰いたいと所望した。「とめても帰る、なだめても、かえる〱の三《み》ひよこひよこ、とんだ不首尾の裏田圃、振られついでの夜の雨」という如何にもしゃれた端唄で、今日では日本国中、津々浦々の芸者まで誰れの作とも知らずに唄っているそうだが、この自作を紅葉が書き、節付けをした当時の梅吉が一緒に署名をしたもので、それを見せて貰いたいと思ったが、主人は「今はもう自家にはありません」といい、早々に引込んで行った。

里見弴《さとみとん》から聞いた話だが、泉鏡花はどんなに酒に酔っている時でも、芸者がこれを唄い出すと、急に居住いを正し、唄の終るまで正坐していたそうだ。里見はこの話をして、「泉先生にとってはこの唄は君ケ代だからね」と言った。

江戸の名残りも震災と戦災で、あらかたなくなった。今も昔のままに残っているのは千代田城の櫓と石垣位のものかも知れない。何年か前、私は千代田城の櫓の改築をした人の弟から聞いたが、あの櫓の土台の下に四五人の人が立った形で骸骨になって、埋まっていたそうだ。所謂人柱である。これは戦争中で公にはされなかったが、本統の話らしい。銀座で掘出された小判のように、こういう眼に触れない江戸の遺物は未だ他にもあるかも知れない。

松という木は寿命の永いものだが、それでも私の知っている名木は大概枯れて了った。根岸のお行《ぎょう》の松、四谷見附から濠の外側を市ケ谷へ下りる坂の途中の何とかいう松などもなくなった。関西では唐崎《からさき》の松も枯れたし、奈良興福寺東金堂の前の「花の松」も私が奈良にいる間に遂に枯れて了った。

（「暮しの手帖」三十一年三十六号）

追記

㈠　此の一文に私が宮川曼魚氏のことを書いた事を山内義雄氏が宮川氏に知らせたところ、同氏から山内氏宛てに手紙が来て、私の思い違いを指摘してくれた。

紅葉山人、梅吉連署の端唄の軸は宮川氏の家には最初からなかったのを、私が読むか、聞くかして、そう思い込んでいた為めに、見せて貰いたいと所望したのだが、「今はもうありません」と断りを言われたと書いたのは間違いだと言うのである。私が「宮川」へ行ったのは戦争末期のように書いたのも誤りで、その頃は既に営業を停められていたから、昭和十七八年の頃の事だろうという事だ。この方はたしかに私の思い違いである。

宮川氏が山川氏に宛てた手紙を写して見る。

手前どもには十二年（大正）の震災前には紅葉が思案（石橋）の為めに書いて、その書斎に掲げられていたと伝説される「御著作所」の額面はありましたが、その後は短冊一枚も所持いたしませんので、そのことを女中に御返辞いたさせました。したがって、「主人は、今はもう自家《うち》にはありません、といい、早々に引込んで行った」覚えはないのでございます。

と、いうのだ。

然しその時、返事をしに来たのは女中ではなく、たしかに男で、その人の云った言葉も、その軸がある筈だと思っていた私には「自家にはありません」を「今はもうありません」と勝手に聴いたかも知れないのだ。又、若《も》し私が「端唄を書いた紅葉の軸」とハッキリ云わずに、「紅葉の書いたものがあるそうだが」と云った場合、前に「御著作所」の額があったのだから、「今はもうありません」という返事を私がきかないとも限らないような気もする。負惜しみをいうようで変だが、私はこういう随筆を書く場合、作り事は書かぬ事にしているので、宮川氏からいえば私が作り事をしているように思ったのは無理ないが、私自身はなかった事は書かないつもりでいた。私は前に宮川氏と会っていず、その男を宮川氏と思い、大変無愛想な断り方をする人だと思った。実はその事も書いたのだが、あとで消して了った。その男は料理番か番頭で宮川氏ではなかったのだ。

とにかく、自分の名が出て、間違った事を書かれるのは不愉快なものだ。宮川氏がそれを黙っていずに山内氏まで書いてくれた事はよかった。そして又、私が若し「紅葉山人の端唄を書いた軸」とハッキリ言ったとすれば、「今はもうありません」という返事はない筈ゆえ、私の書いた事は間違っていた。

それにしても、私がその端唄の軸が「宮川」にあると思い込んだのは何所から来た考えだろう。誤りはそこから発していたのだ。

㈡ 此の「首尾の松」を「暮しの手帖」に出した時、私は後がきに、「黒門」は「最近聞くところによると、科学博物館の近くに今も建っているそうだ」と書いたが、それは私のいう「黒門」ではなく、前の帝室博物館正門で、黒門町にあったという門は南千住の円通寺にあるという事を草加の西山氏が手紙で知らせてくれた。

西山氏の手紙にはその門の絵も書いてあったが、私の記憶にある門とは少し異り、それに二基とあるが、私の見たのは一つだったから、黒門町の黒門といっても、これは又別のものかも知れないという気がする。科学博物館の近くにあると知らされた時、直ぐ行って見ればよかったのに、不精をした為めに却って面倒な事になった。そのうち、いい連れを見つけて、科学博物館の近くにある門と円通寺にある二基の黒門とをこの眼で直接見て来たいと思っている。

ヴィーナスの割目

先年、梅原竜三郎、柳宗悦《むねよし》、浜田庄司と三人でルーブルの彫刻の部屋を廻わっている時に、私は不図、或る大理石のヴィーナス像の下腹の下に桃のような奇麗な割目がつけてあるのを発見した。ドガが持っていたという清長《きよなが》の女湯の三枚続きにも同じようなポーズがあるが、恥ずかしそうに少し腰をかがめ、しなやかに片手を前に下げている姿は如何にも日本人好みの色気がある。此彫刻は写真では青年時代からの古馴染だが、割目がつけてあるのは新しい発見だった。

私は傍にいた浜田にそれを示して、

「これは最初からつけてあるのか、それとも、後からのいたずらかね」と訊いて見た。浜田は笑って、

「こういう事は梅原さんにきいて見ないと分らない」と、うまく逃げて了った。私が直ぐ何か言えなかったところを見ると、名答と言っていいのかも知れない。

私は梅原を連れて来て、同じ事を訊いて見た。梅原は、「うーむ」と少し怒ったような顔をして、「割目はやっぱりつけたくなるだろうな」と言った。にこりともせず、いやに真顔なので、尚、なんだかおかしかった。

もう一つ、これで憶い出す話。

私が十九か二十《はたち》の時、一高の独乙語の教師で、可恐《こわ》い事で有名な岩元禎《てい》さんと言う先生と芝公園を散歩した帰途、愛宕下の寺尾という店に寄った事がある。この店は後ちには普通の洋家具屋になったが、その頃は帰国する外国人がオークションで売払って行く古家具や古道具を並べている店で、色々エキゾティックな面白い品物を持っていた。私が其所で買ったのはセーブルで焼いた土産物だろうと思う、五寸から一尺位の白い磁器の像で、ゲーテとシラーの胸像、バッハとハイドンの立像、アポローとダイアナの像、——この二つは前のヴィーナスの彫刻のあった部屋で本物を見たが、——その他に、少し大ぶりな、トルワルドセンのヤゾンなど、都合七つ、私は持っていた。その日も何かあるかも知れないと思って、寄ったのだが、焼物の像はなく、石膏の小さな「ヴィーナスの誕生」があった。掌に乗る位の貝殻の中にヴィーナスが裸体《はだか》で横たわっている。私は欲しくなり、直ぐ買おうとすると、岩元さんは、

「それは買わん方がいい」と言った。

「何故ですか」

「いたずらがしてある」

私は気がつかなかったが、よく見ると、成程、ナイフか何かで割目が作ってある。しかも、小さな貝が死んで口を開けたような不細工な仕事で、その部分だけ、いやに醜い感じがした。私一人だったら、気づかずに買ったに違いない。一生独身で過ごした謹厳そのもののような岩元さんが一ト眼で発見したのを面白い事だと其時思ったので、今もそれをよく覚えている。

岩元さんは一見、頑固一徹な人のように思われていたが、それから暫くして、一高の同僚で山川信次郎という英語の先生が女の事で新聞種となり、学校をやめねばならなくなった時、岩元さんは心から同情を寄せ、心配していた。山川さんは尺八がうまく、三曲の合奏などで、女の人との交渉が多く、つい、そういう誘惑に陥る機会があるのだと同情していた。そういう事には全く縁遠そうな岩元さんのこの同情振りは、私には何となくいい感じがした。

(「暮しの手帖」三十二年三十八号)

私の空想美術館

キリストの納棺

ミラノのブレラ美術館にある、アンドレーア・マンテニヤ（一四三一～一五〇六）の「キリストの納棺」の絵は複製版画では青年の頃からよく知っていたが、何んだかグロテスクで、キリストの顔にも崇高な所がなく厭やな絵だと思っていた。

七八年前、欧羅巴に行く時、誰れであったか、ミラノでは忘れず、この絵を見るようにと言われ、新しい好奇心を持って見に行ったが、実にいい絵で、非常に感動した。私が欧羅巴で見た最もいい絵の五指を屈する中に入れるべき絵だと思った。

この死体は明らかに大工出身のイエス・キリストの遺骸である。画面の隅で泣いている年寄った母マリヤは、これまた大工ヨセフのおかみさんだ。死骸の顎の骨が張って、喉仏の出た顔は通俗な意味では決して上品な顔ではない。何年かの苦難に満ちた生涯をそのまま、こけた頬や眉間の皺に現わしているが、それも過ぎ去った事で、今は只の死骸として横たわっている。前へ投出された無骨な足は明らかに労働者の足である。大釘を抜かれた両手両足の傷跡はそういう傷が或る時日を経て、血も出なくなった状態を不思議な迫真力を以《も》って描いている。

縦、二尺二寸五分、横、二尺六寸七分の小さな画面に殆ど等身大の死体を少しも欠ける所なく、足を手前に、向うに真直ぐに寝ているところが描いてある。この大胆な構図は非常に冒険的な且つ野心的なものと言っていい。この不恰好な大きな足は、厭やでも見ないわけにはゆかないように描いてある。そして左上隅の僅かな場所に母マリヤともう一人の人物が描いてある。このマリヤは若い時は美しかったかも知れないと思われるような五十余りの女で、息子の非業の死を悲しんでいる表情は自然に見る者の涙を誘う。私はもう少しで貰い泣きをしそうになった。ハンケチで涙を拭うマリヤの手は矢張り田舎女の男のような大きな手である。

マンテニヤはどういう気持でこういう絵を描いたか。写実に徹したという事までは分るが、それ以上の事は私には分らない。然し、とにかく、偶像破壊の意図を以って、こういうキリストを描いたのでない事は確かである。上眼使いをして、両手の指先を軽く合わせた美男のキリストを沢山見て来た私はこの絵を見て、こういうイエス・キリストならば嘗つて此世に実際にいたろうと思った。神に憑かれ、常態を逸脱し、自ら神の一人子と信じ、何年か非常の熱情をもって真理を説き、遂に殺されたイエス・キリストというのは正に此人だと思った。

複製版画では本統の色は分らない。

複製では真黒に見えるバックも緑がかった淡い色で、見ていて何か静かな気持に誘い込まれる。色からいっても、これは実に美しい絵として頭に残っている。

この文章を書く為めに此の絵の複製版画を手元に置いて見ているうちに私はキリストの顔を段段立派な顔だと思うようになった。

アルドブランディーネの婚儀

一六〇四年か一六〇五年にローマで発見され、チンティヨ・アルドブランディーネ枢《すう》機《き》卿《きょう》の館におさめられたため、このように命名された。非常に有名なものとなり、当時ローマへ来た画家達（リューベンス、ヴァン・ダイク、プッサン等）が模写した。かなり修覆の手が加わる。

三つの場面が繋がっている。中央の寝台にヴェールを被って物思いに耽《ふけ》っているのが新婦。ヴィナスがその左に居て新婦に話しかけている。その右は結婚を擬人化したヒュメナイオスである。左は香油をそそぐ若い女。その左方は衣裳室で、新婦の母親らしい人物が湯を準備しているようだ。画面の右方は玄関で、三人の女が香油を注いだり、楽器を奏したりしている。——以上は西洋美術史を専攻している柳宗玄に書いて貰ったもの。

この絵は高さ三尺、幅九尺程の小さな壁画で、額縁に入っていて、私がこれをヴァティカンの美術館で見た時には大きな画架に乗せて窓からの光りを考えてであろう、やや斜めに置いてあった。そう大きな部屋ではないが、その部屋にはこの絵一つが置いてあったように記憶する。これもマンテニヤの「キリストの納棺」の絵と共に五指を屈する中に入れる絵であるが、マンテニヤとは凡そ反対な、只、わけもなく美しく、また楽しい絵で私は二日続けてこの絵を見に行った。紀元一世紀頃の絵とされているそうだ。それ故、キリスト教の匂いの全くない絵である。

ブリヂストン美術館にある、ピカソの若い女の顔は明らかにこの絵の影響を受けていると思った。バックの柔らかい青色はピカソの絵によくある色だし、女の頬の影を並行した線で描いているのも、真ン中に腰を下ろしているヒュメナイオスの類にそれがある、その影響だと思った。

速水御舟「炎舞」

御舟は、今から二十三年前、四十を少し出たばかりの齢で亡くなった画家であるが、私は其の生存中は、僅かに名前を識《し》っていた程度で、作品に就ては殆ど識らず、余り注意を払っていなかった。

没後、或る時小林古径《こけい》君の案内で、御舟の義兄にあたる吉田幸三郎君の家で沢山の下絵やデッサンを見せて貰い、又大阪の美術館で幾つかの作品に接して、感心していたが、本統に御舟の絵に強い感銘を受けたのは、三四年前、銀座の松坂屋で御舟展があり、それを見た時であった。

其の時も、会場で私は偶然、古径君に逢い、一緒に見て廻ったが、私が其の時、「何かやろうという気持が、一つ〳〵の作品に見えているね」と言ったという事を、古径君は、御舟の作品集の推薦文に書いている。確かに、御舟の絵には一作毎に或る企てがあり、一つ一つアドヴェンチュアをやろうとする気概が感じられる、それを私は偉いと思った。

特に此の「炎舞」を見た時、私は嘗て高野山で赤不動を見せて貰った時の事を憶い出し、何か、そういう昔の名画を見ているのと、同じ感銘を受けた。赤不動を、二度目に、上野の博物館のガラス・ケースの中で見た時に較べれば、印象はむしろ「炎舞」の方が強かった。

此の絵の構図は、全くオリジナルな物であり、又此の絵の火炎は、北野天神縁起とか伴大納言絵詞《ことば》とか赤不動とかの、古い日本の絵に画かれた火炎を見、日本の其の古い伝統をしっかりと踏《ふ》まえて画いた物で、昔からの国宝級の名画の中に並べて、少しも遜《そん》色《しょく》の無い作品であると、思った。私は、こういう物は、単に御舟の傑作として、置くよりも、国宝として扱った方がいいのではないかという気がしている。

一体、絵や彫刻で、古い物を大事にし、有難がるのも結構だが、新しい人がそれに匹敵する作品を作って居り、現に作りつつあるのだから、それをもっと大切に扱う事も考えるべきで、作者の没後十年とか二十年を経過したら、皆で審査をして、傑出した作品は、同時代人の物でも、構わず、国宝に入れるというような措置を取るといい。そういう資格を与える事に依って、所有者に保存の責任を持たせ、所有者の代替りで、絵が分らない為めに其の作品が粗末にされたり、いつか忘れられてしまったりするという風な運命になるのを、防止する事が出来る。他にもあるが、御舟の此の絵は、確かにそれに価いする絵だと、私は思っている。

唯、同じ時に見た、同じ火と蛾《が》とを画いた「粧蛾舞戯《しようがぶぎ》」という横物の絵は、或は蜘蛛《くも》の図と対幅になっているものだったかも知れないが、「炎舞」に較べて、大変見劣りがした。古径君の話では、「粧蛾舞戯」の方があとの作だという事であったが、或は御舟が、人に求められて画いた物であったかも知れない。

牧谿「鶴」

これは京都大徳寺蔵「観世音」「猿」「鶴」三幅対《さんぷくつい》の一つで、此の絵の事は、私は前に、「偶感」という短篇や、「私と東洋美術」という随筆の中にも書いた事がある。牧谿《もつけい》は南宋末の画僧である。

私が学習院の高等科にいた頃か大学へ入った頃であったが、ローマへ行っていた有馬壬生馬《みぶま》に、何か日本の絵の複製を送りたいと思い、春章《しゅんしょう》の「美人読書図」を買う事にして、審美書院へ行った。此の春章の美人画は、二百六十何度刷りという手の込んだ物で、其の複製を作る過程を、博物館で展覧した事もあり、外人に見せても、話の種になろうかと思って、私は選んだのだ。そして、其の時、他にも色々見せて貰っているうち、竹の林があって、其処を鶴が大股に歩きながら、口を少し開けている絵に、私は非常に心を惹かれた。これが牧谿の「鶴」であった訳だが、キリスト教の絵や、文学的な絵の好きだった二十三四の頃の自分には、これは後から考えると、大分渋過ぎる絵であった。牧谿の名さえ知らない時代の事で、然し、私は大変それが気に入り、自分の小遣が月に六円位であったのに、其の複製を三円程払って自分用に買って帰った。

あとで、此の「鶴」は大徳寺の有名な絵と知り、それから十五六年後に本物を見て、矢張り非常に感服した。そして、審美書院で複製を見てから五十何年経《た》った今も、変らず、私の最も好きな絵の一つである。誰でも識っている有名な絵であるが、自分が、東洋画などに余り関心の無い時代で牧谿の名も知らなかった頃にも、矢張りいい絵はいい絵でこういう渋いものでも何となく心惹かれた事を、面白いと思い、選んだ。

（「文藝春秋」三十三年四・五月号）

夢か

団菊祭のパンフレットに団菊の憶出を書く程、私は団菊の芝居を見ていない。中学の最後の年に初めて見たのだが、菊五郎はその興行の途中で斃れ、団十郎はその後、二タ興行をして亡くなった。二人の顔合せは僅かに「忠臣講釈」八つ目で、親子の役をしたのを見ただけである。此幕では私は団菊よりも辻君をして病気の舅を養っている芝翫のおりえの方をよく思った。

一番目は「八犬伝」で、団十郎は円塚山の道節をしたが、舞台の奥の方でいう口跡が、それ程大きくないのに客席までよく通った事を覚えている。発声法が正しいのだろうとあとで思った。

中幕の「高時」では染五郎、新十郎、升蔵、その他、誰であったか弟子達が烏天狗で、高時を苛めるのだが、みんなが師匠大事と、胴上げから畳に下ろす時など、そっと置くようにしていたのが面白かった。

二番目の菊五郎の弁天小僧、これは非常に面白かった。後に羽左衛門になった家橘が南郷力丸をしていたが、その頃、家橘の所謂スキャンダルが新聞に出て、五代目の弁天小僧が狂言にことよせ舞台で家橘を叱りつけるようなせりふを云い、家橘も亦、恐縮した様子をする。

伯父の五代目が舞台でこうやる以上、新聞でも尚、追求して非難は出来ないわけで、見ていて、何となく気持がよかった。そのスキャンダルは大宮公園の宿屋での事で、五代目が叱言を云うところで、「音羽屋」と声がかかり、続いて、「大宮ア」という者があって、客席の所所に笑い声が起った。

団十郎の春日局は面白くなかった。毒饅頭の加藤清正は、清正が夢から覚めた所が非常によかった。非常によかったと云って、その時そう思ったわけではなく、団十郎が死んで十何年経って、私は初めてそう思ったのである。

前に夢の場があり、暗転で、幕が開くと、かみでの小さな離れのような家で、清正が机に倚って転寝《うたたね》をしている。そして、それから覚めた時、一ト言「夢か」と独語のようにいって、柝なしで幕を閉める。そういう大変渋い幕であった。

この「夢か」とつぶやくようにいう独語は、後年、他の役者がやるのを聴いて、私はこのせりふが如何に六ケしいものであるかという事を知った。私が見た晩年の団十郎は気力も衰え、傑作と思うものには出会わなかったが、一ト言の「夢か」だけは団十郎の傑作として、五十年経った今日も、未だに私の記憶に残っている。

（「団菊祭大歌舞伎パンフレット」三十三年六月）

6

沓掛にて

――芥川君のこと――

芥川《あくたがわ》君とは七年間に七度しか会った事がなく、手紙の往復も三四度あったか、なかったか、未だ友とはいえない関係だったが、互いに好意は持ち合って居た。

七年程前、浅草の活動小屋で初めて芥川君を見た。滝井孝作君と一緒に来ていて、私は二間程離れた所に一人で居た。丁度「暗夜行路」という小説を大阪毎日の通俗欄の為めに書きかけていた時だったが、新聞社の註文は関西の読者は低級だから調子を下《おろ》し、面白く書いて呉れと言うような事で、それが私には面白くなかったので「改造」の編集員だった滝井君に若し「改造」に出してくれるなら、その方に出したい、と――その話を私は二人の傍へ行ってした。知らない芥川君のいる所でそんな話はいやだったが、拘泥するのもいやで、私はその話を簡単にして、直ぐ自分の席へ還った。滝井君は紹介しようとしなかったので、雑誌の口絵で芥川君とは知っていたが、私達は挨拶をしなかった。芥川君が私の作物に好意を持っていて呉れる事は朧気に知っていて、紹介すればお互に御辞儀したかも知れなかったが、滝井君が気軽にそういう事をする性質でなく、そのまま別れた。

東京日々の記者で「僕は菊池芥川直系の後輩です」と肩書のように名乗って来た男が、「貴方と芥川さんとはウマが合いますまい」と言って居た事がある。私はその男から甚く軽薄な感じを受けていたから「何を言ってるんだ」と思いながらその理由を訊き返さなかったが、以前広津君の話で、広津君が毎晩夜明しで書きものをしているという話をしたら、芥川君が、それじゃあ細君とは何時寝るんだ、と言ったという。芥川君は一人々々で会っていると音無しいが、側に三四人いるとよくそういう調子でものをいうと聞いていた。そんな事を切り込むように言われては堪らないと私は思った。そういう事を好きなら、日々記者の言ったようにウマが合わぬかも知れぬと思った。

その次、芥川君に会ったのは多分その翌年の夏、我孫子の家に小穴隆一君と訪ねて呉れた時だった。

滝井君は「改造」の方をやめ、既に我孫子の住人だった。丁度私は庭にいた時で、直ぐ庭の方へ通って貰った。田舎の事で座敷も庭も同じようなものだった。

芥川君は吾々仲間が互に交すお辞儀よりは丁寧なお辞儀をした。長い髪が前へ垂れ、それを又手でかき上げた。吾々は野人で、芥川君は如何にも都会人らしかった。

芥川君は腹下しのあとで痛々しい程、痩せ衰え、そして非常に神経質に見えた。私は神経質な人に会うと、互にそれを嵩じさせると切りがないので、反対に出来るだけ暢気になろうとする傾きがある。これは何も考えてするのではなく、自然にそうなった。

芥川君は三年間程私が全く小説を書かなかった時代の事を切《しき》りに聞きたがった。そして自身そういう時機に来ているらしい口吻で、自分は小説など書ける人間ではないのだ、というような事を言っていた。

私はそれは誰にでも来る事ゆえ、一々真《ま》に受けなくてもいいだろう、冬眠しているような気持で一年でも二年でも書かずにいたらどうですと言った。私の経験からいえば、それで再び書くようになったと言うと、芥川君は、「そういう結構な御身分ではないから」と言った。

芥川君は私に会ったら初めから此事を訊いて見る気らしかった。然し私の答えは芥川君を満足させたかどうか分らない。

後で思った事だが、私のように小説を書く以外全く才能のない人間は行きづまっても何時かは又小説へ還るより仕方ないが、芥川君のような人は創作で行きづまると研究とか考証とかいう方面に外れて行くのではないかと。然し今にして見れば芥川君は矢張りそうはなり切れなかった人かも知れない。

後は割に呑気な話で一日を暮した。滝井君と小穴君とは早い将棋を何番もさしていた。夏羽織の話から私は暑い盛りに幾ら薄いとは言え、あんなものを着るのはつまらない。昔は着なかったろうと言うと、芥川君は、遊びに行く若者が、夏羽織をたたんで懐に入れて行く話などあって、昔から着たものだ、然し今程長くはなかったようだと言った。そして一人は気がさすが、四五人仲間があれば昔のような短い羽織を着て見てもいいと言った。

私の所にある少しばかりの絵や陶器を見せた。芥川君は室生犀星君が陶器の蒐集をやっている話をし、それを見ていると、室生君の陶器に対する趣味が段々進んで行くのが分って気持がいいと言っていた。

今は誰の事を言ったか忘れたが、文壇の誰彼に対し、私が無遠慮に悪口《あっこう》をいうと、芥川君はその人のいい点をはっきり挙げて弁護した。それは私に反対しようというのではなく、純粋な気持に感じられ、私は大変いい印象を受けた。

芥川君蔵の「鳳鳴岐《ほうきになく》」（違うかも知れないが）というのと、「〇哉」（此〇の所は誰にも読めない）という蔵六の大きな印を、前に滝井君が捺して来て私に見せた。そして○の所が見ようで「直」と見えるので、若し「直」だったら私が貰うべきだと言うと、芥川君は「若しそうだったら献上します」と言った。

「直でなかったら此方の名前を変えてもいい」と私は笑談を言った。立派な印で殊に「鳳鳴岐」の白字がいいように思えた。そんな話から私の持っている印を出して見せたが、芥川君等の眼からは一顧の価もない物を芥川君は小穴君と一緒に「中ではこれが厭味がない」とか、「この方が面白い」とか丁寧に見てくれた。私は気の毒な気がした。その後「○哉」は「直哉」でない事が分ったそうで、その印は遂に貰うことが出来なかった。

その日、芥川君は私の「児を盗む話」という短編が西鶴の「諸国物語」の一節から来ているのではないかと言うので、私は「諸国物語」は一つも読んだ事がなく、前に書いた「剃刀」というのも似た話がビアズレーか誰かの詩にある事、それから「范《はん》の犯罪」というのが、テーマは反対だがモウパッサンに似たものがある由聞いた事などいうと、芥川君は後人の為め何時かそれらを書いて置く必要があるだろうと勧めてくれた。私は西鶴は常に手元に置きながら、未だに其「諸国物語」を読んで見ない程で、芥川君にすすめられてからも何年となく、それらを書かずにいたら、却って芥川君が何かに書いてくれた。

夏の事で冷めたいビールを出したが、芥川君は飲まなかった。そして腹工合が悪いと食事も僅しかとらなかった。

子供に病気をされると、仕事が出来ない話をすると、芥川君は自分にはそういう事はないと言っていた。初めて会った芥川君は噂で想像していた人とは大分異っていた。私はその後一度芥川君の家を訪ねたいと心掛けていたが、その機会がなく、京都の方へ引き移って了った。

その次は三年前、私が山科《やましな》に住んでいた時、訪ねてくれた。私は京都へ出て、子供に三輪車を買い、重いのをかついで帰って来ると芥川君と滝井君とが自家で待っていた。間もなく里見と直木とが来て、賑かに話したが、此日どういう事を話し合ったか、全て憶い出せない。下らない事だが里見が何という布か黒無地の羽織と着物に古い唐桟《とうざん》の下着を着ていた事、芥川君が鼠の結城縞《ゆうきじま》、直木君が赤糸の入った御召を着ていた事などを覚えている。私でも滝井君でもそれから見ると如何にも田舎臭いなりで、なりだけでも都の風が吹いて来たように感じた。その日里見は元気だったが芥川君は風邪の引きかけで元気がなかった。夕方から千本のすっぽん屋へ出かける事にしたが、見るから寒そうなので、私は祖父譲りの毛羽織を芥川君に着せた。厚ぼったいその羽織が細々した芥川君には勝ち過ぎて見えた。

芥川君は木屋町の宿の前で自動車を下り、直ぐ後から行くといったが、吾々がすっぽん屋に着くと間もなく直木君を電話へ呼び出し、寒気がするからと断って来た。

私達はその晩九里、清閑寺などの古い友達と共に梅垣という下河原の宿で遊び明かした。梅垣の女将は夏目さんの崇拝家で、夏目さんから貰った手紙を額にし、自身の居間には四ッ切の写真を飾り、夏目さんを「うちの先生」と呼び、その出来のいい画帖などを持っていた。そんな関係で芥川君も泊った事があり、一ト晩語り明かした事があると女将はなつかしそうに芥川君の噂をしていた。

翌日、日暮に電話をかけたら、もう東京へたったあとだった。

その次は、其日私達は桂の離宮拝観をするつもりで、家内を連れ、山科から汽車で京都へ来て、家内だけ急いで朝の食事をしなかったので、駅の食堂で食事をさせ、その前で私はぼんやり煙草をのんでいると、不意に芥川君と滝井君が入って来た。その時は文芸読本に私の短篇を入れる承諾を求めるのが用だった。北陸の方からの帰りで、若い人の結婚の世話で来たという事だった。離宮拝観の許可証を受けて行けない人があり、丁度いいので勧めたが、芥川君は用事があって行けぬとの事だった。

其晩だったと思うが、私は滝井君と一緒に安井神社に近い宿に芥川君を訪ねた。此時は私の方が甚く疲れていて、口を利くのも物憂く、殆ど話らしい話をせず、一時間か二時間いて雨降りの中を帰って来た。芥川君はしきりに自動車をいおうといってくれたが、少し歩きたかったのでそれを断った。

其次は古美術の写真帖を作る計画をしていた時、東京方面の個人所有の絵を見せて貰いに上京した折、二度会った。

一度は目黒の山本悌二郎《ていじろう》氏の家に支那画を見せて貰いに行った時、どういう絵を見るか、目録から芥川君にそれを選んで貰った。写真は前から決めていた物きり撮らなかったが、芥川君は支那画に精しく、選んでくれた物は大体いいものだった。山本氏も気軽に色々見せて呉れた。昼になり吾々はひる飯の御馳走になったが、山本氏は用事で出掛けねばならぬと洋服に着かえ、再び出て来て吾々の食事をしている傍で話し込んでいた。

これは後で芥川君が言ったというのを伝え聞いたが、鰯の塩焼を食わされたと言っていたという。又聞きで、はっきりした事は言えないが芥川君がそれを苦笑の気持で言ったとすれば、私は丁度その反対だった。膳には他《た》のものもあったが、其鰯が一番うまかったからだ。

早稲田の或作家に就て芥川君が「煮豆ばかり食って居やがって」と言ったと言う。これは谷崎君に聞いた話だが一寸面白かった。多少でも貧乏ったらしい感じは嫌いだったに違いない。

山本氏の所からの帰途松江の話をした。大正二三年の頃私は松江の内中原《うちなかはら》という所に小さな家《いえ》を借り、一ト夏暮らした事がある。所が前年の夏、同じ家に芥川君が暮らした事があるとかで、二人は隣家の若い大工夫婦の噂などをした。それは芥川君が高等学校を卒業した頃の話らしかった。

それから幾日かして、今度は赤坂の黒田家の筆耕園と唐画《とうが》鏡《きょう》を見に行く時、又会った。芥川君は麻布三河台の私の父の家へ誘って呉れた。(此辺記憶少し怪しく、前の山本氏の所へ行く時か、何れか忘れたがとにかく一度麻布の父の家で私は芥川君と話したことがある。)

その時、芥川君は私の作物に対し好意を示してくれた。私の何に就てどういう意味の事を言って呉れたか、今は不思議な程忘れて了った。誰もそうだろうが、自分の作品を眼の前で讃められるのは工合の悪いものだ。返事のしようがなく、早く済んで呉れればいいという気になる。芥川君のがそういう感じを私に与えたかどうか。多分露骨にそういう感じは与えなかったかも知れないが、とにかく、どういう話だったか今は全く頭にない。

そして私も芥川君のものを評したが、それはよく覚えている。それは主に芥川君の技巧上の欠点——わざ〳〵言う必要はなかったが、私は前にそれを他の人に言っていたので、陰で言い、前で口を閉じている事が何かの場合両方によくない事が出来るのを恐れる気持だった。

芥川君の「奉教人の死」の主人公が死んで見たら実は女だったという事を何故最初から読者に知らせて置かなかったか、と言う事だった。今は忘れたが、あれは三度読者に思いがけない想いをさせるような筋だったと思う。筋としては面白く、筋としてはいいと思うが、作中の他の人物同様、読者まで一緒に知らさずに置いて、仕舞いで背負投げを食わすやり方は、読者の鑑賞がその方へ引張られる為め、其所まで持って行く筋道の骨折りが無駄になり、損だと思うと私は言った。読者を作者と同じ場所で見物させて置く方が私は好きだ。芥川君のような一行々々苦心して行く人の物なら、読者はその筋道のうまさを味わって行く方がよく、そうしなければ勿体ない話だというような意味を言った。あれでは読者の頭には筋だけが残り、折角の筋道のうまさは忘れられる、それは惜しい事だと言う意味だった。

一体芥川君のものには仕舞で読者に背負投げを食わすようなものがあった。これは読後の感じからいっても好きでなく、作品の上からいえば損だと思うといった。気質《かたぎ》の異いかも知れないが、私は夏目さんの物でも作者の腹にははっきりある事を何時までも読者に隠し、釣って行く所は、どうも好きになれなかった。私は無遠慮に只、自分の好みを言っていたかも知れないが、芥川君はそれらを素直にうけ入れてくれた。そして、

「芸術というものが本統に分っていないんです」といった。

「妖婆」という小説で、二人の青年が、隠された少女を探しに行く所で、二人は夏羽織の肩を並べて出掛けたというのは大変いいが、荒物屋の店にその少女が居るのを見つけ、二人が急にその方へ歩度を早めた描写に夏羽織の裾がまくれる事が書いてあった。私はこれだけを切り離せば運動の変化が現れ、うまい描写と思うが、二人の青年が少女へ注意を向けたと同時に読者の頭も其方へ向くから、その時羽織の裾へ注意を呼びもどされると、頭がゴタ〳〵して愉快でなく、作者の技巧が見えすくようで面白くないというよ

うな事もいった。

こんな欠点は私自身にもあるかも知れず、要らざる事をいったようにも思ったが、当時そんな事を思っていたので、これも私は言った。芥川君は「妖婆」は自分でも嫌いなもので書きかけで、後を止めたものだと言った。

芥川君は私には最も同情のある読者だったが、私は誰の物も余り読まぬ方で、芥川君のものも余り見ていなかった。然しその後、芥川君から時々本を貰うようになった。例えば「一塊の土」とか、「点鬼簿」とか、題は忘れたが停車場で始終会う女に淡い愛情を感ずる短篇とかには感心した。その後、会う機会もなくそれを言えなかったのは残念である。「大導寺信輔の半生」などもよくなりそうなもので、中途で断れたのは惜しかった。

黒田家の画帖を見た帰り、私は日本橋の方へ行くので直ぐ別れたが、芥川君は南部修太郎君を訪ねると、其時一緒だった梅原と丁度同じ方向なので、二人は同じ自動車で帰って行った。そして其時芥川君は梅原の家へも寄ったとか、あとで梅原は「なか〳〵気取屋だね」と言っていた。そういう自身昔は気取屋でない事はなかったが、作者としての芥川君が少し気取り過ぎていた事は本統だ。アナトール・フランスの妙な影響が大分あったのではないか。

佐藤君が「その窮屈なチョッキを脱いだらよかろう」という意味を書いていた事があるが、私も同感だった。そういう意味ではチョッキを脱いだもっと別な芥川君があり得るわけで、今芥川君が自らを殺して了った事は、そういう芥川君を永久に見られなくなった意味で、非常に惜しまれる。

佐藤君がそう言った時代からすれば芥川君自身既にそのチョッキを脱ぎかけていたように思え、尚心残りである。透谷の事は知らないが、眉山《びざん》や武郎さんの死よりもそういう点で惜しまれる。年も若く仕事の上の謎も多かった。

大雅の「十便《じゅうびん》」を互に讃め合った時、芥川君は「十便」に対し「十宜《じゅうぎ》」を画いた蕪村を馬鹿な奴だと言っていた。然し久保田君の所にある「時雨るるや」の句に雨傘を描いた芥川君の画を新聞で見、銀閣寺にある蕪村の「化けそうな」の傘と全く同じなので、芥川君は悪く言いながら矢張り大雅より蕪村に近い人だったのではないかと不図思った。同時に蕪村よりは大雅が好きだったろうとも思った。

芥川君とは黒田家の玄関で別れたのが最後だった。死を決心した二年間というその間は遂に一度も会う機会がなかった。

最近では改造社の演説で北海道へ行った出先から里見等と寄せ書きの端書を呉れた。里見には女の道連れがあり、その人も私はよく知っているので、芥川君は「双梟眠《そうふねねむり》 円《まどか》。孤雁夢寒《こがんゆめさむし》」御諒察被下度候。端書が手元になく違うかも知れないが、こんな串戯《じようだん》を書いて来た。

その後、私が自分の近作集を送ったのに対し、丁寧な手紙を貰い、間もなく芥川君からも「湖南の扇」を貰った。

私は芥川君の死を七月二十五日の朝、信州篠の井から沓掛へ来る途中で知った。それは思いがけない事には違いないが、四年前武郎さんの自殺を聞いた時とは余程異った気持だった。

乃木大将の時も、武郎さんの時も、一番先きに来た感情は腹立たしさだったが、芥川君の場合では何故か「仕方ない事だった」と言うような気持がした。私にそう思うような材料があったわけではないが、不思議にそう言う気持が一番先きに来た。

幾月か前の「文藝春秋」に芥川君は自分の脳のあらゆる皺に虱が行列を作り、食い入っている想像を書いて居た。これなど如何にも心身共に衰弱した人の想像らしく、見て私は身ぶるいを感じた。

とにかく私が会った範囲では芥川君は始終自身の芸術に疑いを持って居た。それだけに、もっと伸びる人だと私は思っていた。

それから私は自分がこういう静かな所にいるせいか、芥川君の死は芥川君の最後の主張だったというような感じを受けている。

（「中央公論」二年九月号）

小林多喜二への手紙

1　昭和六年七月十五日

お手紙も「蟹工船」もその時時にちゃんと頂いています。筆不精が一つと、読上げて御返事出そうと思ったのが一つでそのままになり甚だ失礼しました。絶版本を探し下さった御好意に対しても申訳ありません。東京へいって帰ると直ぐ友達の泊客あり、又弟一家が半月程来ていたりで遊び暮らしましたが明日か明後日弟一家は帰る筈、自分の思った事その後に書いて送ります。立場が異う点で君を満足させるかどうか分りませんが、書けばそんな事を遠慮に入れずに書いてお送り致します。お手紙にも自分の立場で見てとあるのでそのつもりでいます。

2　昭和六年八月七日

手紙大変遅れました。

君の小説、「オルグ」「蟹工船」最近の小品、「三・一五」という順で拝見しました。「オルグ」私はそれ程に感心しませんでした。「蟹工船」が中で一番念入ってよく書けていると思い、描写の生々と新しい点感心しました。

「三・一五」は一つの事件の色々な人の場合をよく集め、よく書いてあると思いました。

私の気持から言えば、プロレタリア運動の意識の出て来る所が気になりました。小説が主人持ちである点好みません。プロレタリア運動にたずさわる人として止むを得ぬ事のように思われますが、作品として不純になり、不純になるが為めに効果も弱くなると思いました。大衆を教えると言う事が多少でも目的になっている所は芸術としては弱身になっているように思えます。そういう所は矢張り一種の小児病のように思われました。里見の「今年竹《ことしだけ》」という小説を見て、ある男がある女の手紙を見て感激する事が書いてあり、私は里見にその部分の不服をいった事がありますが、その女の手紙を見て読者として別に感激させられないのに主人公の男が切りに感激するのは馬鹿々々しく、下手な書き方だと思うといったのです。力を入れるのは女の手紙で、その手紙それ自身が直接読者を感動させれば、男の主人公の感動する事は書かなくていいと思うと言ったのです。君の「蟹工船」の場合にそういう風に感じたわけではありませんが、プロレタリア小説も大体に於てそういう行き方の方が芸術品になり、効果からいっても強いものになると思います。

プロレタリア芸術の理論は何も知りませんが、イデオロギーを意識的に持つ事は如何なる意味でも弱くなり、悪いと思います。

作家の血となり肉となったものが自然に作品の中で主張する場合はともかく、何かある考えを作品の中で主張する事は芸術としては困難な事で、よくない事だと思います。運動の意識から全く独立したプロレタリア芸術が本統のプロレタリア芸術になるのだと思います。

フイリップにしろ、マイケル・ゴールドにしろ、かなり主観的な所はあっても誰れもがその境遇に置かれればそう感じるだろうとは思われる主観なので素直にうけ入れられます。つまり作者はどういう傾向にしろとにかく純粋に作者である事が第一条件だと思います。絵の方でいえば、キュビズムはとにかく純粋の絵の上の運動なるが故に生命があり、未来派は不純な要素が多く、その為め、更に物が生ずる事なしに亡んだように思います。

トルストイは、芸術家であると同時に思想家であるとして、然し作品を見れば完全に芸術家が思想家の頭をおさえて仕事されてある点、矢張り大きい感じがして偉いと思います。トルストイの作品でトルストイの思想家が若しもっとのさばっていたら作品はもっと薄っぺらになり弱くなると思います。

主人持ちの芸術はどうしても稀薄になると思います。文学の理論は一切見ていないといっていい位なのでプロレタリア文学論も知りませんが、運動意識から独立したプロレタリア小説が本当のプロレタリア小説で、その方が結果からいっても強い働きをするように私は考えます。

前に洋文から「魚河岸」という本を貰い、その前、津田青楓にすすめられ「ゴー・ストップ」という本を見たきりで所謂プロレタリア小説というものは他に知らないのですが、前の二つとも作品としてはとにかく運動が目的なら、もう少し熱があってもよさそうなものだと感じましたが、その点君のものには熱が感じられ愉快でした。それに「ゴー・ストップ」(比較は失礼かも知れませんが)などに出て来る女の関係変に下品に甘ったるいのがいやでしたが、君のものではそういう甘ったるさなくこれも気持よく思われました。

色々な事露骨に書いてある所も不思議に不快な感じがなく大変よく思いました。態度の真面目さから来るのだと思いました。

それからこれは余計な事かも知れませんが、ある一つの出来事の真相を知らせたい場合は、却って一つの記事として会話などなしに、小説の形をとらずに書かれた方が強くなると思いました。こういう事は削除されて或いは駄目なのかと思いますが、そういう性質の材料のものは会話だけが読んでいてまどろっこしくなります。

それから「蟹工船」でも「三・一五」でも正視出来ないようなザンギャクな事が書いてある、それが資本主義の産物だといえばいえるようなものの、又そういっただけではかたづかない問題だと思いました。

作品に運動意識がない方がいいと言うのは私は純粋に作品本位でいった事で君が運動を離れて純粋の小説家として生活される事を望むというような老婆心からではありません。

3　昭和八年二月二十四日（おせき様）

拝呈、御令息御死去の趣き新聞にて承知誠に悲しく感じました。前途ある作家としても実に惜しく、又お会いした事は一度でありますが人間として親しい感じを持って居ります者で、不自然なる御死去の様子を考えアンタンたる気持になりました。

御面会の折にも同君帰られぬ夜などの場合貴女様御心配の事お話しあり、その事など憶い出し一層御心中御察し申上げて居ります。同封のものにて御花お供え頂きます。

（昭和六年―昭和八年）

太宰治の死

太宰《だざい》君の小説は八年前に一つ読んだが、今は題も内容も忘れて了った。読後の印象はよくなかった。作家のとぼけたポーズが厭だった。それも図迂々《ずうずう》しさから来る人を食ったものだと一種の面白味を感じられる場合もあるが、弱さの意識から、その弱さを隠そうとするポーズなので、若い人として好ましい傾向ではないと思った。その後、もう一つ「伊太利亜館」というのを読んだ。伊太利亜館というのは昔、伊太利亜人が始めたという新潟の西洋料理屋で、私も前に一度行った事があるので、その興味から読んで見たが、これは前のもの程ポーズはないが、それでも、頼まれて講演に来た事を如何にも冷淡な調子で書きながら、内心得意でいるようなところが素直でない感じがした。こういう事は誰れにもある事で、その事は仕方ないとして、作品に書く場合、作家はもう少しその事に神経質であってもいいと思った。冷淡に書けば読者もその通りに受取ると思っているようなところが暢気だと思った。

それから私は最近まで、太宰君のものは一つも読まなかった。そして去年の秋、「文学行動」の座談会で太宰君の小説をどう思うかと訊ねられ、とぼけたようなポーズが嫌いだと答えたのであるが、太宰君はそれを読んで、不快を感じたらしく、「新潮」の何月号かに、「ある老大家」という間接的な云い方で、私に反感を示したという事だ。私はそれを見落し、今もその内容は知らない。

今年になって私は本屋から「斜陽」を貰い、評判のものゆえ、読みかけたが、話している貴族の娘の言葉が如何にも変なので、読み続けられず、初めの方でやめて了った。続いて、「中央公論」に出た、「犯人」という短いものを読んだが、読んでいるうちに話のオチが分って了ったので、中村真一郎、佐々木基一両君との「文芸」の座談会で、「斜陽」の言葉と、このオチの分った話とをした。寧ろオチは最初に書いて、其所までの道程に力を入れた方がいいと話した。二度読んで、二度目に興味の薄らぐようなものは書かない方がいいとも云ったのである。この時の私の言葉の調子は必ずしも淡々としたものではなかった。何故なら、私は太宰君が私に反感を持っている事を知っていたから、自然、多少は悪意を持った言葉になった。

私は不幸にして、太宰君の作品でも出来の悪いものばかりを読んだらしい。太宰君が死んでから、「展望」で「人間失格」の第二回目を読んだが、これは少しも厭だとは思わなかった。それ故、この文章を書くにしても、私は太宰君の作品中、目ぼしいものを一ト通り読んでから書くのが本当かとも考えたが、前のような先入観を持っている私として、これはなか〳〵実行出来そうもないので、作品は眼に触れたものだけで、別に太宰君の死に就いて、自分の思った事を少し書いて見ようと思う。

私は織田作之助君に就いても、太宰君に就いても、自身ペンを執って、積極的に書くつもりはなかったが、座談会で、どう思うかと訊かれると、思っている事をいって、それがそれらの人の心を傷つける結果になった。それも淡々とした気持でいったのでない事は、太宰君の場合は今いったようなわけだし、織田君の場合にも私には次のような気持があった。それは、戦後、永井荷風氏の「踊子」が発表された時、私はこれがきっかけとなって、屹度この亜流が続々と出るだろうと思った事である。戦争中、荷風氏がそういうものを書いて、幾つかの写本にしているという噂を聞いていたから、「踊子」が出た時、これはいい事だと思ったが、若い作家がこの真似をして、こういうものを続々と書きだしては堪らないとも思った。荷風氏のものでは場面の描写にも節度があり、醜さも醜いと感じさせないだけに書いてあるが、その感覚を持たない亜流に節度なく、こういう事を書き出されては困ると思った。私は西鶴に感心し、モウパッサンの「メゾン・テリエ」なども愛読した方で、文学作品にそういう要素の入る事を悪いとは思っていないが、節度なく安易に、それが書かれる事は我慢出来ない方である。そこに織田君の「世相」が出た。私は一昨年の夏、奈良でした谷崎潤一郎君との対談の機《お》り、朝日の吉村正一郎《よしむらしょういちろう》君から訊かれるままに、「きたならしい」と云った。この対談は「朝日評論」に載ったものだが、その後、東京朝日の人が来ての話に、私のこの言葉だけ、織田君の為め、抹殺して欲しいと大阪朝日から電話がかかったが、断ったと云っていた。私は何《いず》れでもいいと思ったが、既に断った後でもあり、前に云ったような気持もあったから黙っていた。大体、世話焼きな性分で、若し織田君を個人的に知っていれば、同じ事も、もっと親切な言葉でいったかも知れないが、知らぬ人で、その親切が私にはなかった。「文芸」の座談会での太宰君の場合は、太宰君が心身共に、それ程衰えている人だという事を知っていれば、もう少し云いようがあったと、今は残念に思っている。

太宰君の心中を知った時、私はイヤな気持になった。私の云った事が多少ともその原因に含まれているのではないかと考え、憂鬱になった。この憂鬱は四五日続いたが、一方ではこれはどうも仕方のない事だと思った。これを余り大きく感ずる事は自分に危険な事だとも思った。それ故、死後発表される「如是我聞《にょぜがもん》」で、私に悪意を示していると いう噂を聴いた時、イヤな気もしたが、それ位の事は私も云われた方がいいと云うよう な一種の気安さをも一緒に感じた。

然し、私は太宰君の心中という事にはどうしても同情は出来なかった。死ぬなら何故、一人で死ななかったろうと思った。私は広津君に太宰君の死は「恋飛脚《こいびきゃく》大和往来《やまとおうらい》」の忠兵衛《ちゅうべえ》の死と同じではないかと云って、否定されたが、個人的に全く知らないから、主張は出来ないが、今でも私は太宰君には忠兵衛と似た所があるような気がしている。新聞の写真で見た「井伏さんは悪人です」という遺書の断片を見て、井伏君には気の毒だが、忠兵衛と八右衛門《はちえもん》の関係を連想した。封印切りの幕で見ると、八右衛門は悪者のようになっているが、その前の忠兵衛の家の場では忠兵衛の事を本当に心配しているいい友達で、忠兵衛も感激し、(この感激が少し空々しいところもあるが) 君は親兄弟以上の人だなど云っている。それが茶屋の大勢人のいる場ではまるで態度を変え、八右衛門を悪者にして了って、結局、小判の封印を切り、目茶苦茶になる。忠兵衛は忠兵衛、太宰君は太宰君で、滅多に同じ人間はないが、研究する人があれば此二人の間には色々共通な点を見出せるのではないかと思っている。或は単なる私の連想かも知れぬ。

自殺という事は私は昔は認めない事にしていたが、近年はそれを認め、他の動物とちがい、人間にその能力のある事をありがたい事に思っている。最近の「リーダーズ・ダイジェスト」でユーサネジア（慈悲死）という言葉を知ったが、自殺は自分で行うユーサネジアだという意味で私は認めている。然し、心中という事には私は今も嫌悪を感ずる。対手の女は女らしい感情で一緒に死にたがるかも知れないが、その時をはずせば案外あとは気楽に生きているかも知れないし、第一、残る家族にとって、自殺と心中ではその打撃に大変な差がある。細君にとって良人が他の女と心中したという事は一生拭い難い侮辱となるであろうし、子供にとっても母親が侮辱されたという事で、割切れぬ不快な印象が残るだろうと思う。

然し、この事でも広津君はちがった考えを持っていて、太宰君の子供が大人になった時、太宰君の死の止むを得なかった事に同情する時が来るだろうと云っていたが、事実は何れになるか分らないが、私は自身の気持から推してそうは思わない。尤も、子供が両方の気持を持つ場合もあり得るから、何れとも片づけられない事かも知れない。

私は太宰君の心中は太宰君が主動的な立場で行われたと思っていたから、一層そういう風に考えたが、先日、滝井孝作が来ての話では女の方が主動的だったらしいとの事だった。それ故、人は太宰君の心中を心中として取扱わず、自殺として取扱っているわけが分ったが、とにかく同時代の所謂知識人が心中するという事は何んだか腑に落ちぬ事である。太宰君は一時赤になった事もあるというし、恐らくそんな事はあるまいが、若し心中に多少ともイリュージョンを感じていたというような事があれば、これは一層我慢ならぬ事である。

「新潮」の「如是我聞」は七月号のは読んだが、八月号の分は読まなかった。私は前から、無名の端書や手紙で、悪意を示される場合、一寸見れば分るので、直ぐ火中するか、破って棄てて了う事にしている。批評でも明らかに悪意で書いていると感じた場合、先は読まない事にしている。私にとって無益有害な事だからであるが、太宰君の場合は死んだ人の事だし、読まないのは悪いような気もしたが、矢張り、読む気がせず、読まなかった。今年十七になる私の末の娘が「如是我聞」を読んで、私の「兎」という小品文の中で、この娘の云った「お父様、兎はお殺せになれない」という言葉の事が書いてあると云って厭な顔をしていた。私は「お殺せになれない」で少しも変ではない、と慰めてやったが、「そのほか、どんな事が書いてある」と訊いたら、「シンガポール陥落の事が書いてある」と答えた。「分った〳〵」と私はそれ以上聴かなかったが、書いてある事は読まなくても大概分った気がした。

とにかく、私の云った事が心身共に弱っていた太宰君には何倍かになって響いたらしい。これは太宰君には真に気の毒な事で、太宰君にとっても、私にとっても不幸な事であった。滝井の話で、井伏君が二行でもいいから讃めて貰らえばよかったと云っていたという事を聴き、私の心は痛んだ。その後に読んだ「人間失格」の第二回目では私は少しも悪いとは思わなかったのだから、もっと沢山読んでいれば太宰君のいいところも見出せたかも知れないと思った。

広津君と滝井の来ていた時、太宰君が崖の上に立っている人だという事を知らず、一寸指で突いたような感じで、甚だ寝覚めが悪いと云ったら、広津君は「そんな事はない、そんな事はない」と強く否定して、太宰君は何《ど》の道、生きてはいられない人だったと云って、私を慰めてくれた。滝井も同じ事を云った。そして広津君は太宰君の自殺の一番元の原因は共産主義からの没落意識だと思うと云っていた。心の面の不健康の原因には或いはそういう事もあるかも知れぬと思った。然し、結局は肉体の不健康が一番大きな原因だったと思う。

太宰君でも織田君でも、初めの頃は私にある好意を持っていてくれたような噂を聴くと、個人的に知り合う機会のなかった事は残念な気がする。知っていれば私は恐らく病気の徹底的な療養を二人に勧めたろうと思う。

私は太宰君の死に就いては何も書かぬつもりでいたが、「文芸」八月号の中野好夫君の「志賀と太宰」という文章を見て、これを書く気になった。中野君の文章には非常な誇張がある。面白づくで、この誇張がそのまま、伝説になられては困るのでこれを書く事にした。

（「文芸」二十三年十月号）

解説

島村利正

この「白い線」に収められている四十三篇の短篇、随筆、小品は、芥川氏のことを書いた「沓掛にて」と「小林多喜二への手紙」の二篇を除いて、あとはすべて、戦後に志賀さんが執筆されたものである。志賀さんが戦後に発表されたもののなかには「いたづら」「祖父」のような、枚数の相当ながいものもあるが、ここでは主として、短いものばかりが収められることになった。いちばん長いもので、原稿用紙にして二十三枚、短いものは三枚である。

これらの作品は、志賀さんの六十三才（終戦の年）から、八十二才の今日まで、世田谷新町、熱海稲村大洞台、そして渋谷常盤松というように、三回に替った住居を背景にして、つくり出されている。若いころからの、志賀さんの移転好きは、すでに知られているとおりであるが、終戦を中心にして、この三回の住居の移り替りは、これらの作品を生む上で、当然のことかも知れないが、実に重要な意味を持っているように思われる。

戦後の志賀さんの第一作であり、七枚という短いものでありながら、敗戦の哀しさを見事に描き出している「灰色の月」は、そのころ、焼跡の匂いも漂ってくる、東京住居でなければ、この作品は、恐らく出来得なかったものに違いない。

また、昭和二十三年一月に移られた、熱海稲村大洞台の住居は、伊豆山と湯ヶ原との中間、相模の海を真下に見おろせる山の中腹にあって、晴れた日には、噴煙の棚びく大島が、ちょうど初島を抱いているように見える場所にあった。この風景の美しさは、焦土と化した都会の姿を遠く離して、老年にはいられた志賀さんの心境に、一層深いやすらぎを齎らしたようである。もともと、自然や動物好きの志賀さんは、ここでは「朝顔」とか「山鳩」のような、やはり四、五枚でありながら、何度読返しても尽きない、ふかい味わいのある作品をつくり出している。

渋谷の駅から、歩いて十分とはかからない近さでありながら、思いのほか静かな、常盤松の住居に移られたのは、昭和三十年の五月であるから、志賀さんが、熱海大洞台で過した歳月は、七年半ということになる。

志賀さんは、常盤松に移られて、すぐに「夫婦」という、やはり三枚の小品であるが、志賀さんの作品のなかから除くことの出来ない、まさに、珠玉ともいうべき作品をつくられている。ながい年、形影相添ってきた、康子《さだ》夫人との、夫婦というひとつのすがたが、ここでは軽妙に、そして滋味ふかく語られている。

以上は、三回に替った住居と作品との関係を、ひとつの例としてあげてみたわけである。

しかし、この集では、そのことは、別な大切な要素として、一応挙げておくにとどめ、大和書房の大和岩雄氏をはじめ、若い編集者達と相談して、全篇を六つのグループに分けてみた。

一の「白い線」と「実母の手紙」は、志賀さんが十三才のときに亡くなられた実母のことが、小説風でなく、記録的に描かれており、後添いにきた義母のことも、短い行間のなかに、志賀さんの心にうかんだ義母の心持として、あたたかく写し出されており、十三才という年齢で、人生の最初に遭った、母の死という悲しみが、ここでは、静かに思い返されている。

しかし、少年時代に受けたこの悲しい衝撃は、志賀さんのものを考える心の、ひとつの基調となったことは争えない事実で、初期の志賀さんの作品にふと感じる、不思議な孤独感。長篇「暗夜行路」の主人公、時任謙作の寂しい心の遍歴にも、違ったかたちで、それが流れているように思えるのである。志賀さんの二十九才のときの「母の死と新しい母」という、同じ題材を扱った作品と、この二つの小篇との間には、三十何年という歳月があるが、この三篇をあわせて読むと、そのことが、一層ふかく思われるような気がする。

「自転車」は、この集にはいっているなかでは、いちばん長いもので、二十三枚である。そのころ珍しかった自転車と、少年時代の、志賀さんの潔癖な姿が、いまの交通地獄の東京と違って、のどかな街通りや坂道に、明るい陽のひかりを浴びながら、すいすいとはしる姿となって、鮮やかに蘇ってくる。心の洗われるような作品である。「少年の日の憶い出」は、同じ少年のころを描きながら、ここでは、母の死と同じように、志賀さんの生涯を通じて、忘れることの出来ない祖父の姿が、味わいふかい筆致で描かれている。これらの少年期に触れた四篇の作品には、志賀直哉という作家を解く、重要な手がかりが秘められているように思えるのである。「菰頭」と「オペラ・グラス」を読むと、志賀さんの持っているユーモアが伝わってきて、読者は思わず笑い出すに違いない。志賀さんは純粋な、そして厳しい作家として知られているが、それには違いないとしても、こういうユーモアは、また、志賀さん独特のもので、ことに、この集に収められている作品には、巧まずして描出された明るいユーモアが、随所に見られる。このユーモアは、志賀さんの暖かい人柄、ものを見るやわらかい眼、明るい若々しさ、それらのものから、おのずからつくり出されるものに違いなく、読むひとのこころにも、明るいものがいっぱいに湧きあがってくる。

二の「灰色の月」から「紀元節」までの七篇は、終戦時を中心に、それらのことに関連した作品が多い。終戦の時の首相、鈴木貫太郎さんのことを書いた「鈴木さん」そして「銅像」「あの頃」もう二十年も経っているのであるが、いまこれを読返すと、あの当時のことが、恐ろしいくらいに、まざまざと蘇ってくる。志賀さんのような作家が、敗戦と混乱のなかで、前向きの姿勢で、これらの発言をされたことは、いまから思えば、まことに貴重なことと言わねばならない。

三の動物を描いた六篇は、志賀さんの動物好きが、そのまま出ているような作品である。言葉を持たない動物の、言葉以上の姿と動作の微妙さを、志賀さんの眼は鋭敏にとらえて浮彫にしている。読んでいて、それらの動物の気持が、そのままこちらに伝わってくるようである。志賀さんは動物を書くときが、いちばん楽しいのではないだろうかと思わせる六篇である。

四の「草津温泉」は、別な意味でたのしい作品である。温泉風景も、いまではだんだんに変ってしまったが、太棹三味線に、義太夫をやる芸者。馬鹿貝の入ったブリキ鑵を引きつけておいて、いくらでも喰う太鼓腹の博徒の親分。そのころの古風な、のどかな草津温泉が眼にうかんでくる。志賀さんの「矢島柳堂」という作品のなかの一場景に、このときの経験がうまく生かされている。

「熱海と東京」「尾の道・松江」「東京散歩」「加賀の潜戸」志賀さんの風景を回想する眼は、生々とさわやかで美しい。「尾の道・松江」は長篇小説「暗夜行路」のなかで、思いがけないその土地の匂いが、いちばん印象的に描かれているところで、この尾の道と、松江からの大山《たいせん》の、「暗夜行路」に登場してくる経緯が語られていて興味がふかい。

五は「愛読書回顧」をはじめとして、美術に関する随想二篇と「楽屋見物」「赤い風船」「首尾の松」「ヴィーナスの割目」「夢か」の八篇である。「私の空想美術館」のなかの三篇は、雑誌「文藝春秋」にそれぞれの絵と一緒に載ったものである。

六の「沓掛にて——芥川君のこと——」「小林多喜二への手紙」「太宰治の死」の三篇は、三人の作家について語りながら、志賀直哉という作家の気持がよくわかる、好個の文章である。
さて、この「白い線」に収められた四十三篇の作品は、小説でもあり、また随想でもあり、その形式的な区分は、むしろ読者にきめて貰った方がいいかも知れないが、それとは別に、志賀さんの素顔が、正面からも横からも、自由に見ることが出来るようで、また、志賀さんの小説を理解する得難い鍵が、この集の至るところに秘められているようで、若い読者には、志賀さんの文学を研究する上で、たいへんいい手がかりになるに違いない。

昭和四十年一月

白《しろ》い線《せん》

一九六六年二月二五日　第一刷発行
二〇一二年四月一〇日　新装改訂版第一刷発行

著　者　志賀直哉《しがなおや》
発行者　佐藤　靖
発行所　大和《だいわ》書房
東京都文京区関口一-三三-四　〒一一二-〇〇一四
電話番号　〇三-三二〇三-四五一一
郵便振替　〇〇一六〇-九-六四二二七

装　丁　寄藤文平（文平銀座）
印　刷　シナノ
製　本　ナショナル製本

ISBN978-4-479-88041-7

http://www.daiwashobo.co.jp

（編集部付記）

本書中に、現代においては不当、不適切と思われる語句・表現がありますが、書かれた時代の背景を重んじ、著者の表現をそのまま用いております。